解剖探偵

敷島シキ

角川文庫
23293

目次

主な登場人物

霧崎《きりさき》真理《まり》　八王子医科大学の法医学教室に所属する、風変わりだが凄腕の法医学者。

祝依《いわい》然《ぜん》　八王子署の新人刑事。幼少期の経験から、殺された人の霊が見えるように。

相田《あいだ》涼太《りょうた》　祝依の先輩にあたる、三十代の中堅刑事。昔気質なところがある。

神長《かみなが》静間《しずま》　祝依の上司。

戸《と》丸凪《まるなぎ》　霧崎が所属する法医学教室で補助をしている男性。

助清《すけきよ》琴音《ことね》　医者。外科から法医学教室に研修に来ている。

猫屋敷《ねこやしき》ルリ子《こ》　葬儀屋。プライベートで動画配信者もやっている。

高垣《たかがき》洋介《ようすけ》　八王子医科大学附属病院の院長。

内藤《ないとう》祐二《ゆうじ》　八王子医科大学附属病院に勤務する内科医。

配島《はいじま》直志《ただし》　主に医療係のスキャンダルを扱う動画配信者。

Introduction

自殺についてどう思う？

そう問うと、皆深刻な表情か、穢《けが》れに触れたような顔をする。

そして、早まったことをするな。死んじゃダメだ。と、説得めいたことを語ったり、命の大切さを説き始めたりする。

そもそも、生き物は本能的に死を恐れる。

死とは、自分という存在がなくなり、何も知覚出来なくなることだ。しかし世界は、自分の不在など気にも留めずに動いてゆく。そう考えると切なく、悲しく、寂しく、言いようのない不安と恐怖に苛《さいな》まれるのが普通だ。

まして苦痛を伴う死など、恐怖以外の何ものでもない。

しかし、現実には多くの人間が、苦しみを伴う死を自ら選択している。

十代から三十代までの死因のトップは自殺である。それも二位以下にダブルスコア、トリプルスコアの差をつけるぶっちぎりのトップ。

四十代ではがんにトップの座を明け渡すも二位。五十代で三位。

この世で最も恐ろしいはずの死を、望んで手に入れる人のなんと多いことか。
生存は生物の根源的な本能だ。その欲望は強固なはずである。
実際、多くの人が死を恐れ、不老不死を願う。
その一方で、大勢の人が自ら命を絶つという不条理。
それは死への憧《あこが》れか？
否。己の人生が幸福に満ちていれば、そこから逃げる必要はない。
死を望むのは、人生から逃げたいからだ。
生きるのがつらいからだ。
苦痛から逃れるために、やむを得ず死を選んでいるに過ぎない。
逃げ道がそれしかない。選択肢はひとつ、死しかない。それだけの話だ。
しかし——
その苦しみが他人から加えられたものだとしたら？
それでもその死は、自殺なのだろうか？
その死は——
殺人とは呼ばれないのだろうか？

PART 1

その部屋には死者がいた。

ひんやりした部屋だった。今は十一月の中旬。そろそろ冬も本番という時期なので当然だが、この部屋は殊更冷たく感じられる。

窓から差し込む光も、どこか寒々しく青い。その光が、微動だにしない人の姿を照らしている。

八王子《はちおうじ》署の新人刑事――祝依然《いわいぜん》は、その死者の顔をじっと見つめていた。

物言わぬ口。何も考えていない虚《うつ》ろな瞳《ひとみ》。

生前と同じ姿形をしていても、不思議と違う存在に見える。よく似た別人。或《ある》いは、人間に擬態したこの世ならざるもの。祝依は死者を見る度に、そんな風に感じている。

見た目は中年の男性。セミロングの髪型と無精髭《ぶしょうひげ》で、ちょいワルなカッコいいおじさんを気取っているようにも見える。身長は百六十センチ前後。男性にしては小柄な方だが、服の上からでもそれなりに鍛えているのが分かる。

生前、どんな想いで自分のイメージ作りをしたのだろう？

人生を半ばで終わらされたことに、どんな感情を抱いているのだろう？

だが、死者は何も語ってはくれない。死者にはもはや感情などない。

それなのに、悲しみや無念といった想いを、その顔から読み取ってしまう。それは死者の感情ではなく、自分の感傷なのかも知れない。

「おい、祝依」

振り返ると、先輩刑事の相田《あいだ》涼太《りょうた》が睨《にら》んでいた。

「どこを見てる。ぼーっとすんな」

「すみません」

相田は祝依より六歳上の三十二歳。すらりとしたスタイルで、一見するとクールで理知的。しかしなかなかに口が悪い。元は八王子の不良だったという噂だが、事実かどうかは分からない。しかし、刺々《とげとげ》しい口調と態度、精悍《せいかん》な顔つきと鋭い眼光は、その噂に信憑性《しんぴょうせい》を感じさせる。あと、趣味がバイクと車、ギャンブルというのも、噂を裏付けているように思えた。

しゃがんで遺体を見ていた相田は立ち上がると、

「まあ気持ちは分かるけどな。どう見ても自殺だろ、これ」

と言って、祝依と場所を入れ替わるように、指で合図した。祝依はうなずいて場所を替わる。

「俺たちを呼ぶ必要ねえな、とは俺も思う。けどな祝依、お前はまだ刑事になって半年だ。半端な態度はやめろ。仕事を舐《な》めるんじゃねえ」

「いえ、そういうつもりじゃ……」

「いいから、よく死体を見とけ。お前は何かというと他殺にしたがるって、藤田が文句言ってたぞ。刑事ドラマ気分で仕事すんな」

「……はい」

言い返したい気持ちを飲み込み、祝依は目の前の遺体を改めて観察した。

――首吊《くび》り自殺。

といっても、天井や鴨居などの高いところからぶら下がっているわけではない。一見すると、足を前に投げ出して床に座っているように見える。

しかし腰は数センチ浮いていて、首には縄。その縄が、壁に沿って並ぶスチールラックに結ばれている。

スチールラックはパーツを買ってきて、自分で好きなサイズや段数を決めて作るタイプのもので、そこに本がぎっしり積まれている。文庫や新書、文豪の全集、写真集に画集やマンガと、色々なものが乱雑に積まれている。読書家だったようだが、整理して並べることに興味はなかったようだ。

ラックそのものの高さは一メートル八十くらいで、棚板はワイヤーフレームのものが使われている。首を吊った縄は、その真ん中の棚に結ばれていた。

高いところからぶら下がらなくとも、ある程度首に体重をかけることが出来れば、首吊り自殺は可能だ。刑務所の中で、ドアノブにタオルを結びつけて自殺した男もいるらしい。

祝依はその場にしゃがみ、首に食い込んでいる縄を見た。この男はタオルなどあり合わせのものではなく、ちゃんとしたロープを用意していた。

男の名前は「配島直志《はいじまただし》」四十八歳。独身。現場は配島の自宅兼事務所で、八王子市子安《こやす》町のマンション。JR八王子駅から歩いて二十分ほどの距離で、築年数もかなり行ってるが、3LDKと間取りにはゆとりがある。

第一発見者は三宅和夫《みやけかずお》という三十代男性。配島と三宅は、動画配信サイトでそれぞれチャンネルを持っていて、その関係で知り合ったとのことだ。今日は配島とコラボ動画を作るため、自宅のある調布《ちょうふ》から八王子までやって来たそうだ。

約束の時間にやって来たのに、インターフォンを鳴らしても返事がない。約束を忘れて出掛けたのかと思ったが、電話をかけると部屋の中から着信音が聞こえてくる。ドアに手をかけると、鍵《かぎ》が開いていた。声をかけて部屋に入ると、首をくくった配島の遺体が待っていた——というのが、最初に駆け付けた交番の警官が、三宅から聞き取った内容だ。

別件の捜査を終えて署に戻ろうとしていた祝依と相田に連絡が入り、応援にやって来たのが十分前。相田は現場を一目見て、つまらなそうな顔をした。一瞥《いちべつ》しただけで事件性はないと確信したらしい。

性急な判断だが、実際の現場では珍しいことではない。明らかに不自然な死に方や、逆に外傷もなくどうやって死んだのか分からない場合は、死因を確認しなければという方向に頭が働く。しかし、こう分かりやすい自殺現場だと、その感覚は薄い。

祝依も、あれが見えなければ、同じように思ったかも知れない。

「さっさと調書を書け。迎えが来たら霊安室に運ぶぞ」

「でも相田さん。検視がまだですよ？」

「その必要はない。これはどう見ても自殺だ。死体見分なら俺らで十分だからな」

確かにこの現場は、自殺を疑うようなものは何もない。しかし、気付いていない事実や、見逃している事がないとは限らない。

この現場を見て、自殺と扱うか、事件とするかは、現場の警察官に委《ゆだ》ねられている。警官といえども、素晴らしい能力の持ち主ばかりではないし、聖人君子というわけでもない。注意力の足りない者もいれば、いい加減な性格の者もいる。そして事なかれ主義の者も、面倒ごとを避けたがる者も少なくない。

事件性はない、と下された判断の中に間違いが一つもないと言い切れるのか？　数々の自殺や事故、自然死の中に、殺人が隠れていないと誰が言い切れるだろうか？

そういった思いを口にしたい。しかし――

「……はい」

祝依はその場にしゃがみ込むと、配島の横顔を見つめる。

まだ死亡から時間があまり経っていないらしく、腐敗した様子はない。

目は閉じられ、酔って眠っているようにも見える。首には縄が深く食い込んでいるが出血はなく、周りに傷などの抵抗した跡は無い。部屋の中も特に争った様子もない。

不自然なところはなく、確かに相田の言うとおり、首吊り自殺にしか見えない。

しかし頭の中では、同じ問いが繰り返されている。

──この人は、なぜ殺されてしまったのだろう？

祝依は後ろを向いて、部屋の隅を見つめた。

仕事用と思われるデスクの上にモニター。横にタワー型のＰＣ。そしてデスクの脇にはサイドチェスト。

その隣に男が立っている。

この部屋に来たときから──いや、それ以前からずっと。きっと配島が死んだ瞬間から、あそこに立っていたはずだ。

「どうした？」

怪訝《けげん》な顔で相田が訊《き》いた。

「あ……いえ」

「お前さっきから、ずっとあの壁を見てるよな？」

相田も同じ部屋の隅を見つめて眉《まゆ》を寄せるが、何も見えない。

祝依は思い切って切り出した。

「相田さん。この現場、詳しく調べてみませんか？」

「あ？」

相田は顔をしかめた。

「調べるも何も、首吊り自殺だろ。一体、何を調べようってんだ」

「もしかしたら、他殺ということもあるかも知れないじゃないですか。一応はよく調べてみた方がいいと思うんです」

一瞬呆《ほう》けた顔をしてから、相田は溜《た》め息を吐いた。

「なるほど。藤田がお前の相棒を嫌がるのがよく分かった」

藤田とは先週まで祝依の相棒だった刑事だ。しかし祝依の面倒が見きれないと音を上げて、今週から相田と交替した……という経緯がある。

「もういい。調書は俺が作る。お前は外で見張ってろ」

「待って下さい、相田さ――」

食い下がる祝依に、相田は怒鳴るように言い返す。

「俺だって適当に判断したわけじゃねえ！　首にはしっかり縄が食い込んでる。抵抗した様子もない。これのどこが自殺じゃねえってんだ！」

相田の言うことは尤《もっと》もだ。普通ならそう判断するだろう。しかし――

「でも、何か見落としていることがあるかも知れないじゃないですか！　そうだ、玄関の扉は鍵が開いていたじゃないですか。だったら、誰かが出入りした可能性だってあります」

「そりゃ死体を見つけて欲しかったんだろ。腐ってどろどろに融《と》けた遺体になるとか、嫌だろうからな。だからわざわざ、人と会う約束までしたんだろ」

「……っ」

祝依は咄嗟《とっさ》に言い返すことが出来ない。

「……遺書がありませんし」

「遺書のない自殺なんざ、珍しくもねえ」

「でも……万が一、この人が殺されていたとしたら……僕たちは殺人を見逃すことになるんですよ？　真実を明らかに出来るのは僕たちだけなんだ。その僕たちが思い込みで結論を出すなんて――」

「利いた風な口を利くじゃねえか」

相田は凶悪な笑みを浮かべると、メンチを切るように祝依を睨《ね》め付ける。

「そこまで言うんなら、もっとマトモな根拠を言ってみろ。他殺の痕跡《こんせき》がどこかにあるんだろうな？」

「それは……」

ある。

知っているからだ。

この人が、殺されたことを知っている。

でも、そんなこと言えない。

言うことが出来ない。

なぜなら――

殺された人の霊が見えるから。


――なんてことを言おうものなら、頭がおかしくなったと思われるに違いない。恐らく休職扱いにされてしまうだろう。

しかし自分の目には、部屋の隅に佇《たたず》む配島の姿が見える。目の前で首をくくっているのと同じ顔、同じ姿をした配島が。

この事実を誰かに伝えられないものか、何度も考えた。しかし、良い手段はいまだに思い付かない。同じものが見える人に会ったことがない。写真を撮っても何も写らない。自分の目に映っているものを、他人に証明する方法がないのだ。

なぜ霊が見えるのか、祝依にも分からない。

しかし、見えるようになったのは、ある事件の後からだ。恐らくは、その事件がきっかけなのだろう。

霊が見えると言っても、病気で亡くなったり、自殺した人の霊は見えない。

見えるのは――殺された人。

それも、犯人が捕まっていない人の霊だけだ。

そのことに気付いてから、この世にはいかに見過ごされている殺人が沢山あるのかを知り、愕然《がくぜん》とした。

日本は治安が良く、警察の検挙率も高いと言われているが、それは認知された事件に対しての割合である。気付かれなければ、事件にすらならない。そんな殺人は、そもそも数に入らない。見過ごされたままだ。

そういった事件を一つでも解決したい。そう思うようになり、大学を卒業後に警察官になった。三年間の交番勤務を経て、念願の刑事になることが出来た。

しかし現実は厳しい。

明らかに異常な死体、不自然な現場、そういった場合は警察も疑ってかかる。しかし一見すると自然な死体、違和感のない状況であれば、そもそも疑問を感じない。

だが祝依には、その中に潜む殺人が分かる。

しかし、なぜこれが殺人なのかという説明が出来ない。だから同僚の刑事を説得することが出来ない。結果、根拠もなく殺人事件にしたがる新人という、有り難くないレッテルを貼られてしまった。

このままでは、一体何のために刑事になったのか分からない。

殺人であるにもかかわらず、罪に問われない。殺人として解釈されない。そんな事実に我慢が出来なかった。

祝依は先輩である相田をにらみ返した。

「すぐにこれが原因だとは言えません！　けれど！　捜査しなければ、それすら見つからないじゃないですか!!」

「ああ、それが出来りゃ言うことねえな。けどな、事件は毎日山ほど起きてるんだ！　一つの自殺現場を徹底的に調べてる間に、他の捜査が手薄になる。お前はそれでもいいってのか!?」

「それは……」

確かにそれも事実だ。犯罪発生率こそ平均的だが、八王子は六十万人近い人口を擁する市だ。そして面積は奥多摩《おくたま》町に次ぐ東京第二位。新宿《しんじゅく》区の十倍である。その結果、二十三区外での犯罪数はトップであり、目《め》つ捜査も広範囲にわたる。

「けれど……そんなに簡単に処理しようとしなくてもいいじゃないですか。慎重に死因を確認することの、何が悪いんです!?」

「いい加減にしろ！　ガキみてえなワガママ言ってんじゃねえ!!」

怒鳴り声が飛び交う中、入り口のドアが開く音がした。

「やあやあ、血気盛んな若者たち。外まで声が聞こえていたよ？」

「――神長《かみなが》さん？」

上司の神長静間《しずま》が、のんきな笑顔で現れた。

アラフォーの独身貴族で、メガネをかけた姿はとても理知的。刑事よりも、有能なビジネスマンといった雰囲気だが、二人の上司で刑事課強行犯係の係長を務めている。性格は穏やかで、てきぱきと効率的に仕事を進める人、というのが祝依の印象だった。

「何しに来たんです、係長」

トゲのある声で、相田が尋ねる。しかし神長には痛くもかゆくもなさそうだ。

「いやあ、君たちが事件を解決するんじゃなくて、事件を作る側になりそうな予感がしてねえ」

「藤田の言うとおりですよ。まるで駄々っ子だ。自分の思い付きが絶対的な正義で、自分のお気持ちに人が従うのが当然と思ってるんじゃないですか？」

「な……そんなつもりじゃ」

心外だった。しかし、理由を言わずに意見を通そうとする自分にも、無理があるのは分かっている。逆の立場であれば、自分だって相田のように考えるかも知れない。

出来るだけのことはした。だから許して欲しい。佇《たたず》む霊に、心の中で語りかけた。

神長は、場をなごませるような微笑みで相田の肩を叩く。

「まあまあ。でも相田君も当たりがキツいよ？」

「祝依はド新人ですからね。最初に甘い思いをすると、それが当然と思うようになりますから。何でも思うように出来て、周りの人間はそのサポートをするのが当然――なんてモンスターが育っちまいますよ？」

「はは、それは困るけどね。ただ、伝え方をもうちょっと穏やかにしてくれると、ありがたいかな。不祥事でも起きたら大変だしさ」

「そんなもん係長が握っちまえばいいでしょう」

握る、というのは握りつぶすという警察内の隠語である。

「今どき無理だよ。そんなことしてネットで拡散されたり、週刊誌で面白く取り上げられたらどうするのさ」

「……っ!!」

祝依の体が、びくっと震えた。

「ん？　どうかした祝依君」

「あ、いえ……何でもないです」

どうにも、敏感に反応してしまう。もう昔の話だというのに。

「それより神長さん。この現場のことで――」

神長は祝依を押し止《とど》めるように、両手を前に構えた。

「話は聞こえてたって言ってたでしょ。丁度良いことに、新しく検案をお願いする先生を連れてきたんだ。お望み通り、死体を見てもらおう」

「え……？　本当に、ですか？」

「うん。あれ、嫌だった？」

「あ、いえ……」

あまりにも都合良く事が運んだからか、祝依は少し意外そうな顔をした。一方の相田は、聞こえよがしに舌打ちをする。

検案――とは、医者が死体を確認することだ。

似たような言葉に、検死、検視などがあるが、それぞれ意味が違う。

検視とは、医師が死体を見るよりも前に、警察官や検察官が死体を確認して犯罪性の有無を判断することである。祝依や相田がしている作業のことだ。

そして検案は、監察医や法医学者などの医師が、死因や死亡推定時刻を医学的に判定することを指す。

一般的に言う検死とは、これら検視、検案、その後の解剖を含めたものとして使われることが多い。

そしてこれら検死は、地域によってルールが違う。同じ東京でも、二十三区内は監察医制度があるので、専任の監察医がチームを作り、毎日巡回して検案や行政解剖などを行っている。そのため解剖数も他の地域に比べれば圧倒的に多い。

一方、八王子市に監察医制度はない。指定の医院に勤める医師が、必要に応じて警察に協力する形だ。よって、必ずしも法医学に造詣《ぞうけい》の深い医師が担当するとは限らない。

法医学的知見の少ない医師が、外表検査のみで死因を判断したり、死因がハッキリしていないのに、恐らくこんなところだろう、という曖昧《あいまい》な判断で死因が決定されることも珍しくはない。

「新しい医者？　いつものおっさんじゃないんですか？」

　相田が言ったおっさんとは、八王子市内の病院に勤める歯科医だ。祝依も何度か現場で会ったことがある。いつも迷惑そうな顔でやって来て、面倒臭そうに遺体を確認する姿が印象に残っている。

「残念ながら、他県の病院に転職したよ。代わりを頼んだけど、誰もなり手がいなくてね」

「じゃ、誰が来るっていうんです？」

「八王子医科大学附属病院の法医学教室が、ようやく対応してくれることになったよ」

「あそこいる法医学者は、八十過ぎの爺《じい》さんですよね？　体力的にキツいから、もう勘弁してくれって断られたはずですが」

「実はその爺さんの下に、若い法医学者がいたんだよ。爺さんが退職して、その若い人が自由に出来るようになったんで、引き受けてくれた」

「へえ……物好きな」

　ひどい感想かも知れないが、ある意味尤《もっと》もな感想でもある。

　なにせ法医学は学生に人気がなく、なり手が少ない。当然と言えば当然だが、生きた人間を相手にする臨床医になりたがる学生の方が圧倒的に多いのだ。

　臭い、汚い、収入が少ない、など法医学者を取り巻く環境が厳しいのが最大の理由だろう。絶対数が少ない上に高齢化が進み、ますます解剖率が減るという悪循環だ。

　しかし死因を明らかにする上で、絶対に欠かせない職種であるのも事実だ。犯罪を明らかにするのも勿論《もちろん》だが、他にも多くの面で社会に貢献している。

例えば公衆衛生の面では、死因を確認する過程でいち早く感染症の存在に気付くという事例もあるし、子供や老人などの体に残った傷や跡から、虐待を受けていたことに気付くということもある。

しかしその重要性と必要とされる数に比べて、現在の担い手は圧倒的に少ない。それだけに、若い法医学者というのは貴重な存在だ。

神長もどことなく自慢気に、その法医学者のことを語っていた。

「現場には出てないけど、もう百体以上は解剖をこなしてるって。実績は十分だよ。それにとても優秀だって話だから」

「有り難い話ですけどね。でも、この現場には必要ないと思いますよ」

しかし神長は穏やかな微笑みで返事をした。

「まあまあ。もう連れてきちゃってるからさ。仕事に慣れてもらう為に、現場をみてもらいたいんだよ」

当たりは柔らかいが、神長は有無を言わせない押しの強さがある。

神長は一旦《いったん》外へ出ると、誰かを迎え入れるように扉を押さえた。

「それじゃ、霧崎《きりさき》先生。中へどうぞ」

「ったく……その先生もムダ足――」

玄関に現れた人影を見て、相田の顔が驚きへと変わった。

そのリアクションを見て、祝依も玄関に目を向ける。

「――え」

祝依もまた、言葉を失った。

そこには、派手なメイクに黒とピンクのゴシックロリータ服の女が立っていた。

この場におよそ相応《ふさわ》しくない女性だった。

白のブラウスに、膝上丈《ひざうえたけ》の黒いスカート。首にはレースのチョーカーを巻いている。

全体的に黒い色とフリルが多めで、差し色にはピンク。いかにも少女趣味な、病みカワ系。髪は艶《つや》のある長い黒髪。しかし内側は薄いピンクのインナーカラーが入っている。

童顔だがハッキリした目鼻立ちで、大きな瞳《ひとみ》が印象的だった。長い睫《まつ》毛《げ》。ピンク色をした目の縁。磁器のような、透明感のある白い肌。

一言で言うなら美人。まるで人形のような、息を呑《の》むような美人だ。

そのファッションとメイクが似合うか似合わないかで言うなら、よく似合っている。

ただ、この現場には極端なまでに似合っていない。

これがいわゆる、地雷系女子――なのだろうか。

何かの間違いか冗談ではないのか？　そんな思いで神長を見つめると――

「霧崎真理《まり》先生。八王子医科大学、法医学教室に勤務する法医学者だよ」

「……本当に、ですか？」

「マジかよ……」

祝依と相田は、辛うじてそれだけをつぶやいた。

「…………」

神長に紹介されても、霧崎という医者は愛想笑いも浮かべなければ、挨拶《あいさつ》すらしない。わずかに伏し目がちになったので、それが会釈と取れなくもない。

霧崎は髪の毛をまとめ、手袋と靴カバーを着けると、部屋に上がった。

祝依は目の前を通り過ぎるとき、思わずその顔をじっと見つめてしまった。

完璧《かんぺき》にメイクされた顔は、仮面のように無表情。

美しい瞳にも感情の色はない。

毛穴すら感じさせないその無機質さは、まるでアンドロイドかサイボーグのようで、人工的で浮世離れした美しさを感じさせた。

歳は幾つなのだろうか。童顔と服のせいもあり、見た感じだと十代でも通用しそうだが、そんなはずはない。最低でも二十代の半ば、或《あ》るいはもう少し上のはずだ。

相田は神長の側に来ると、声を潜めて訊《き》いた。

「ありゃ何ですか？　どう見ても現場に来る格好じゃねえですよ」

「まあまあ。見た目はともかく、優秀だって話だし」

「仕事ナメてんじゃないですか？　仮にも人が死んだんですよ？」

祝依にも、その気持ちは分からなくはない。

しかし、もし神長の言うとおりに優秀なのだとしたら――これは自殺ではなく、他殺だと証明してくれるかも知れない。祝依は、部屋の隅に佇《たたず》む配島を再び見つめた。
「……？」
視線を感じて目を移すと——
霧崎がすっと目を逸《そ》らしたところだった。
——僕を見ていた？
気にはなったが、その程度で声をかけるのも憚《はばか》られる。
霧崎は祝依がしたように、しゃがんで配島の顔と首を観察していた。それからラック
に延びるロープ、そして座ったような姿勢の体を色々な角度から眺める。
そして、カメラを出すと写真を撮り始めた。見た目のせいか、遺体を背景に自撮りで
も始めるのではないかと祝依は不安になったが、そんなことはなかった。
「………」
ひとしきり写真を撮った後、霧崎はもの言いたげなまなざしを神長に向ける。すると
意図を察したかのように、神長は手にしていたカバンを霧崎に手渡した。
カバンを受け取った霧崎は遺体から離れると、
「遺体を下ろして、服を脱がせて下さい」
と冷たい声で言った。
このとき初めて声を聞いた。感情がこもっていないが、思ったよりも可愛らしく、聞
き心地のよい声だった。

「えーっと……」

祝依は相田と顔を見合わせた後、神長を振り返る。すると神長は無言でうなずいた。

「仕方ねえな。やるぞ、祝依」

二人はラックに結ばれたロープをほどいて、死体をビニールシートの上に横たえる。

そして今度は服を脱がせにかかる。

死因を明らかにし、死者の尊厳を守る為であるのだが、死体の服をはぐのは正直いい気分はしない。しかも、本人の霊が後ろに控えているのだ。

祝依は、振り返って配島の霊に向かって「失礼します」と心の中で唱えた。

「おい、早くしろ」

「あ、はい」

慌てて手伝うが、死後硬直がかなり強い。全て脱がせるのには、二人がかりでも苦労させられた。

「これでいいですか？」

やっとのことで全ての服を脱がせ終わり、息を吐きながら祝依が尋ねる。霧崎は小さく頷《うなず》くと、改めて色々な角度から遺体を眺め、写真を撮り始めた。

しばらく撮影を続けてから、今度は直接遺体に触れて確認を始めた。死後硬直を確かめているのか、関節を動かそうと四苦八苦している。腕力の方は、見た目相応らしい。

次は配島の髪をかき分けて、何かを探すように観察する。傷がないかを確認しているのだろうか？

頭の表面を見終わると、今度は顔をじっくりと見続けた。そして次は、カバンの中からピンセットのようなものを出して、まぶたをひっくり返して裏側を見たり、口の中を見たりしている。

それから首に刻まれた縄の跡。食い込んだところが凹んで影を作っている。

「……」

霧崎は改めて写真を撮った。

そして徐々に下の方へ。胸、腹部など、傷が無いか丹念に確認しながら下りてゆく。男性器にもまったく動じる様子はない。そして爪先《つまさき》まで確認し終わると、

「背中側を見せて頂けますか」

と、誰にも視線を合わせずに言った。相田は面倒臭そうに舌打ちをした。

「おい、そっち持て」

相田に促され足の方を持つと、二人で配島の体をうつ伏せにする。

臀部《でんぶ》から足の先まで、下側になっていた部分が赤くなっている。

死斑《しはん》だ。

心臓が停止すると、血液を循環させる力がなくなる。よって重力によって下の方に血が集まるのだ。

霧崎はその死斑を指で押さえて、離す。すると指の跡が白くなるが、すぐに元の色に

戻る。どうやら、その変化を観察しているようだった。

そして次に霧崎は、カバンの中から細長い棒状のものを取り出した。そして、遺体の肛門《こうもん》に躊躇《ちゅうちょ》することなく差し込んだ。

直腸内の体温を測るためと分かっていても、見ていて気分のいいものではない。無意識に自分がされるところを連想してしまうのか、お尻《しり》のあたりが薄ら寒い気持ちになる。

棒にはケーブルが付いていて、その先は液晶の付いた小さな箱につながっている。少しすると電子音がして、27とデジタル表示された。

一通り見終わったのか、霧崎は軽く息を吐いて立ち上がる。待ちかねたように、相田が訊いた。

「で、どうなんです？　結果は」

言葉は丁寧だが、どこかイラついた声だった。すかさず神長が割って入る。

「まあまあ相田君。そんな威嚇するような言い方はしないで。相手は若い女性なんだし」

「これは仕事ですから、男も女も、若いも年寄りもありませんよ。そんなことで態度を変えるとか、その方が相手に失礼じゃないですか？」

確かに筋は通っている。実際、相田は部下や後輩だけでなく、上司に対しても平気で嚙《か》み付く。本人の言うとおり、公平といえば公平だ。

そんなやり取りをしている間、当の霧崎はまるで何も聞こえていないかのように、部屋の中を見回していた。つられたように、祝依も改めて室内を見渡す。

本が詰め込まれたラック。その反対側の壁に、五十インチ前後のテレビとオーディオ。その前にローテーブルと、横になってテレビが見られる三人掛けのソファ。

ローテーブルの上には、ビールの空き缶や酒瓶、スナック菓子の空き袋などが散らばっている。

奥には作業用のデスクとサイドチェストにPC。それに配島の幽霊。

テーブルの上は散らかっているが、全体的には綺麗《きれい》な部屋だ。男の一人暮らしと考えると、インテリアには気を遣っていたことが分かる。

そんな部屋の中を、霧崎はモデルルームでも見学するように歩き回っている。

「おい……聞こえてるなら、返事くらいしたらどうだ」

イラつく相田を無視して、霧崎はリビングを出てキッチンへ。

「って！　勝手に見てまわんな！　つか無視すんな!!」

さらに霧崎は廊下へ出ると、隣の部屋へ姿を消した。相田が霧崎を追い、慌てて祝依と神長がその後に続く。

六畳ほどの広さの部屋に、トレーニング機材が並んでいた。ベンチプレスにダンベル。フィットネスバイクにぶら下がり健康器もあった。

「おい、法医学の先生よ。勝手に現場を荒らすんじゃねえよ」

我慢も限界、といった相田に対し、霧崎は冷たい声で訊いた。

「事件性がないと判断したのに、現場を荒らすな、とはどういうことでしょうか？」

「……っ！」

「それとも、何か見られて困るものでもあるのですか？」

「んなもんあるかよ！　お前、人をバカにしてんのか!?」

飛びかかりそうな相田をなだめながら、神長が尋ねる。

「で、あの遺体ですけど、霧崎先生の見立てはどうですか？」

「………………」

霧崎はうつむいて、わずかな間の後で言った。

「解剖すべきです」

「……解剖？」

自殺とか他殺とかの所見ではなく？

祝依が真意を測りかねていると、相田がキレたように叫ぶ。

「自殺か他殺かどっちかって訊《き》いてんだよ！」

「遺体を見ただけでは、判断しかねます」

「じゃあ、解剖して自殺だったらどうしてくれんだよ？」

「事件ではなかったことが判明します。喜ばしいことです」

「バカにしてんのか!?　てめえは！」

祝依は霧崎の言葉を、頭の中でもう一度繰り返した。

「つまり……自殺とは断言出来ない、ということですか？」

「はい」

短く答えると、霧崎は三人の横をすり抜け、リビングにもどった。

「ったく……何なんだ、あいつは！」

相田は舌打ちをすると霧崎を追った。その後に神長と祝依も続く。

さすがに相田は苛立《いらだ》ち過ぎだが、霧崎の言動が相田の神経を逆撫《さかな》でしているのも事実だ。そして霧崎の行動は、やや自由過ぎる気もした。

霧崎は配島の遺体の側に立ち、感情のない目で見下ろしていた。

「……霧崎先生、でしたね。こいつのどこが自殺と言い切れないのか、早く教えてくれませんかね？」

挑むような相田に、霧崎はぽつりと答えた。

「遺体は八王子医科大学の法医学教室まで」

「だから話聞いてんのか！　てめえは!?」

再びがなり立てる相田を押さえ、神長は霧崎に訊いた。

「解剖が必要だ、って判断した理由を聞かせてもらえるかな？」

「……」

霧崎は少し戸惑ったように、視線を部屋中にさ迷わせた。

「何だよ、答えられないのか？」

表情があまり変わらないので分かりづらいが、霧崎は何だか困っているようにも見えた。相田の押しの強さに怯《おび》えているのかと思ったが、そうでもなさそうだ。どちらかというと、途方に暮れているような印象があった。

「あの……霧崎、先生？　何か気になったことがあるんですよね？」

祝依は、出来るだけ優しい声で尋ねた。

「それが何なのか、教えて頂けませんか？」

すると、霧崎は小さく頷《うなず》いて、ピンク色の唇を開いた。

「……解剖が必要と言うより、解剖が必要でないと判断する理由がありません。死因が不明な遺体は全て解剖することになっています。この遺体は縊死《いし》、自殺と断言出来るだけの根拠がありません」

霧崎は一旦《いったん》話し始めると、滔々《とうとう》と、意外と早口で喋《しゃべ》った。無口だと思っていたので、一同は驚いた。

相田は腕を組むと、続けて質問を投げた。

「でもな、霧崎先生よ。どう見ても首吊《くびつ》り死体にしか見えないぜ？　それに、抵抗した様子もない」

相田は配島の遺体をひっくり返すと、顎《あご》を上げさせて首周りを見せつける。

「もし他殺なら、縄を首から引き離そうとして、指で首を引っ掻《か》いた跡が残る。吉川線《よしかわせん》ってやつだ」

吉川線というのは、大正時代に吉川澄一《ちょういち》という鑑識が、他殺の場合に首のひっかき傷が証拠となると学会で発表したのが由来だ。

　相田は霧崎を睨《にら》み付ける。その表情には迫力があり、街のチンピラをビビらせるには十分だ。しかし、霧崎に動揺はまったくない。

「被害者が意識を失っていたなら、抵抗することは出来ません」

「屁理屈《へりくつ》をこねれば、何だって言える。そんな証拠があるってのか？」

「解剖すれば、意識を失うような病気があったかどうか分かります。或《ある》いは血液検査で何かが見つかるかも知れません」

「結局、解剖しなきゃ分からんってことかよ……」

　霧崎は配島の顔を見つめながら続けた。

「顔の色が気になります」

「……？」

「このような非定型的縊死の場合は、顔面がうっ血します。そして、瞼《まぶた》の裏や唇の内側などに、小さな出血の点――溢血《いっけつ》点が現れることが多いです。けれど、この遺体にはそれらがありません」

「えっと、非定型的って……？」

　祝依が尋ねると、霧崎は淡々と答える。

「首吊りには定型的縊死と非定型的縊死があります。首を絞める索条が左右対称で、支点が後方にあり、全体重が索条に掛かる状態……つまり典型的な首吊りの状態が定型的縊死。非定型はその変形と言いますか、索条のかかり方が左右非対称だったり、このように体の一部が床についた状態を指します。定型的縊死の場合は顔面が蒼白《そうはく》になり、非定型的縊死の場合は顔面が紅潮するのですが……」

「ええと……でも、同じ首吊りなんですよね？　それなのに違いが出るんですか？」

「定型的縊死で顔面が蒼白になるのは、縄によって首の動脈が閉塞《へいそく》するからです。つまり首から上へ血が回りません。ですから蒼白になります」

「……なるほど」

「非定型的縊死の場合は、動脈が完全には閉塞しません。動脈には、総頸動脈《けいどうみゃく》と椎骨《ついこつ》動脈の二つがあります。椎骨動脈は骨に守られているので、閉塞させるにはある程度の力と角度が必要です。およそ三十キロと言われますが……非定型ではそこまでの力を得られない場合が多いのです。よって血液は首から上に送られ続けるので、うっ血を起こして顔が紅潮します」

　霧崎はカメラを出すと、先程撮影した写真を見つめた。

「この姿勢ですと、おそらく体重の四十パーセントほどの重さがかかっていたはずです。体重が五十キロと想定すると、二十キロ。少々足りません」

「……細かいな」

　相田は渋い顔でつぶやいた。

「ですから、本来ならもっと顔が赤くなっていいと思いますし、溢血点――行き場のなくなった血が、毛細血管を破って出血することですが、その赤い点が現れてもいいはずです」

「しかし」

神長が割り込んだ。

「必ず、というわけではありませんよね？」

霧崎は素直にうなずいた。

「はい。状況によって異なります。非定型的縊死でも顔面が蒼白になることもあれば、血圧が低いなど様々な要因で顔面のうっ血があまり現れないこともあります」

「やっぱり根拠には弱いってことか」

「肌の色に関して言えば、もう一つ気になる点があります。やや黄色みを帯びているようにも見えます。それに白目の色も」

「そう言われてみれば……」

でも、四十八歳であれば、それも特に珍しくないかなと疑問に感じていなかった。

「肝臓を患っている可能性があります。肝硬変かも知れません」

「なにい？　こんなに痩《や》せてんのにか？」

怪訝《けげん》な顔をする相田に、霧崎は真面目に答える。

「痩せていても肝硬変になることはあります」

「……そうかよ」

「肝臓は多機能臓器ですので、荒廃による合併症も多種多様です。肝硬変が原因による突然死、という可能性もあります」

「でも、首吊ってるじゃねえか」

「縊死を試みた最中に、もし肝臓の機能不全で突然死をしたとしたら、死因が変わってきます」

「どっちにしろ、自殺したなら同じじゃないのかよ……」

「いいえ。自死と病死では大きな違いがありますし、保険の支払条件にも影響します」

確かに、自殺の場合は生命保険が支払われない場合が多い。しかし病死であれば普通に支払われるだろう。他人から見れば同じでも、遺族にとっては天と地ほども違う。

相田も途中で気付いたらしく、苦虫を噛《か》み潰《つぶ》したような顔で答える。

「くそっ、そうだったな……気にするな。言ってみただけだ」

「それと、もう一つ気になる点があります」

「まだ何かあんのか……」

霧崎は、配島の体の下に手を入れてひっくり返そうとした――が、びくともしない。すぐに祝依も手を貸して裏返した。

配島の下半身は、赤黒く腫《は》れたような色になっている。

「このように……ひっくり返しても死斑《しはん》は移動しません。固定しています。ですが、指で押すと色が薄くなる。このことから、二つのことが分かります。一つは、死後十二時間から十五時間以上経っているということ。もう一つは、この状態で死亡したか、死亡後すぐにこの状態にしたかのいずれか、ということです。それと、死後硬直もかなり強い状態にあります。こちらも死後十二時間から十五時間以上は経っていると思われます。しかし――」

霧崎は腸内温度を測った体温計を見せる。

「腸内の温度は二十七度。体温が三十六度だと仮定すると、九時間ほどしか経過していないことになります」

時間が、合わない？

再び神長が質問する。

「すみません、霧崎先生。その推定時間は、どの程度正確な数字なのでしょうか？」

「無論、環境や体調など様々な条件で左右されます。ですが……」

霧崎は、神長ではなく祝依の方を向いて言った。

「事実を明らかにする手掛かりが、潜んでいる可能性もあります」

このとき初めて、霧崎と目があった。

綺麗《きれい》な瞳《ひとみ》だった。

祝依の心臓が大きく脈打った。部屋の隅に佇《たたず》む、配島を見つめる。その顔には感情はない。けれど、語っているように感じた。

――犯人を捕まえてくれ、と。

ごくりと祝依の喉《のど》が鳴った。

「……それを明らかにするのに、解剖が必要なんですね？」

霧崎に向き直ると、変わらず大きな瞳が待ち構えていた。

「解剖は全てを明らかにします」

霧崎の瞳が訴えている。

解剖させろ——と。

「解剖すれば、遺体に残った全ての情報にアクセス出来ます。外から確認出来る情報は、不自然ではない範囲に収まっています。だから事件性はないと判断することも出来るでしょう。けれど、一つ一つの事象にブレがあります。不自然にならない範囲に収めたような……そんな印象です。それ以上の情報を求めるのであれば——」

祝依も霧崎の瞳を見つめ返す。

最初は人の視線を避けている印象だったのに、今はこちらがたじろぐほどの視線を送ってくる。その目力が凄《すご》い。

「解剖以外にありません」

うーんと唸《うな》ってから、神長はにっこり微笑んだ。

「分かりました。そこまで言うのなら了承しましょう。ただし承諾解剖で」

「承諾……解剖？」

「ご遺族から解剖費用を出してもらって下さいよ？　祝依君」

「えっ？」

それは有無を言わせぬ微笑みだった。

†　　†　　†

「解剖ってなによ!? 人の息子をカエルとでも思ってるの！」

「いえ、死因がはっきりしませんので、体の内部を確認したいということです。手術のようなものですよ」

八王子医科大学の法医学教室の前で、祝依は激昂《げきこう》する配島の母親をなだめていた。

「そんな死人に鞭打《むちう》つようなこと……大体、なんで息子の体を切り刻むのに、親がお金を払わなきゃならないのよ！」

「お気持ちはよく分かります。しかし、法律で定められていまして……」

事件性が明らかである場合の司法解剖や、警察署長が必要と判断した場合の新法解剖などは公費でまかなわれるが、それ以外の解剖の場合は遺族の承諾が必要となる。しかも費用も遺族持ちである。

「あたしは絶対に認めませんからね！」

「そうだな。親としてそんなことは認めるわけにいかない」

父親の方は比較的大人しかったのだが、母親の勢いに乗せられてか、だんだん態度が頑《かたく》なになってきた。

調べたところ、配島親子はもう二十年以上別居していて、ほとんど行き来もない。それどころか、仲が悪かったらしい。両親は息子のやっていることが気に入らないのか、ほとんど勘当状態だったようだ。それだけに、説得も意外と簡単かと思っていたのだが、思いのほか強い抵抗に遭っている。

死ねばいい子に思えるようになるのか、或《ある》いは気に入らない子供のために一銭も払いたくないということなのか。

だが一応、説得の切り札は用意してある。

「ご両親のご心痛はお察し致しますが……先程も申し上げたとおり、直志さんは自殺だと確定したわけではありません。病死の可能性もゼロではないんです。もしも病死だった場合は、死因が変わってきます。親族の方への心証も違うかと思いますし……あと些《さ》細《さい》なことですが、自殺は生命保険が支払われない場合が多いですが、病死であれば恐らく支払われるのではないかと」

「え」

配島の両親の顔色が変わった。

「そうなの？」

「そういえば……直志の分も入ってたな……保険」

しばらくひそひそと内緒話をした後——

「分かった。断腸の思いだが、これも直志のためだ」

父親が偉そうな態度で結論を告げた。

「ご傷心のところ、申しわけありませんでした。事実を明らかにするよう努めます」

気が変わらない内にと、すぐに解剖承諾書に記載をさせ、祝依は解剖の準備室へ飛び込んだ。

「霧崎先生。ご遺族には納得して頂けました。解剖の方、お願い致します」

既に手術着を着てスタンバイしていた霧崎は、小さく頷《うなず》いた。

「ありがとうございます」

「……え」

まさかお礼を言われるとは思わなかったので、なぜか怯《ひる》んでしまった。

「祝依さん、とおっしゃいましたね……あなたは——」

霧崎が何か尋ねたそうな声で続けた。

「はい？」

「いえ……それより、準備をお願いします」

「準備って？」

「解剖の」

「は!? ぼ、僕がですか？」

呆然《ぼうぜん》としていると、扉が開いて、解剖着を着た神長が現れた。

「あれ？　祝依君まだそんな格好？　早く準備して。解剖には、担当刑事と鑑識が立ち会うことになってるから」

「……聞いてませんでした」

　となると、相田も参加するわけだ。途中で茶々を入れなければいいが。

「ちなみに相田君は別件でいないよ」

「え、何でですか？」

「実は彼、こういうの苦手なんだよね。死体は平気だけど、グロいのはちょっと」

「……普段は、あんなに威勢がいいのに」

　文句を言いながら着替えると、祝依は解剖室に入った。

　真っ白な壁に、つるりとして光沢のある灰色の床。冷たいLEDの光の下に、銀色の解剖台。その上に、配島の遺体が横たわっている。

　遺体の前に立つのは霧崎と二人の助手。帽子とマスクを着けているので顔が分からないが、助手は男性と女性が一人ずつ。少し離れた所に神長、それと鑑識から来た三人。祝依自身を含め、合計八人が遺体を囲んでいる。

　霧崎は黙禱《もくとう》するように一度目を閉じ、開く。

「ご遺体の名前は配島直志、年齢は四十八歳。自室での縊死《いし》と思われる状態で発見されましたが、死因に不明な点があるため解剖を行います。外表所見は首に索溝。それ以外に目立った擦過傷、刺創などはなし。死斑《しはん》は下半身背面に集中」

まるで何かの口上のように、すらすらと遺体に関する情報を述べてゆく。

「まず舌骨、甲状軟骨の状態を確認します」

霧崎はメスを手にすると、小指を立てた。その仕草が妙に女性っぽく、紅茶を飲むときやカラオケをするときを連想させた。しかし実際に行うのは、それらとは程遠い行為だ。霧崎は狙いを付けるように小指を遺体の首筋に当てると、メスの刃を肌に沈めた。そして躊躇《ちゅうちょ》することなく、首筋に沿って走らせる。

噴き出る血に、身構えた。しかし実際には血は流れず、切り口から黄色い脂肪と赤い肉が覗《のぞ》く。そうか。心臓が動いていないからか――そう気付いても、やはり血が流れないことに、祝依は奇妙な感覚を覚えた。

霧崎は、正面から見るとU字の形で綺麗《きれい》な切れ目を入れる。そして、めくり上げるようにして、喉《のど》の組織を露出させた。

死因を明らかにするため――そう頭では分かっていても、本当にこんなことをしていいのか？　と反射的に思ってしまう。禁忌を犯している気分になる。

「助清《すけきよ》さん。押さえてくれますか」

「は～い」

女性の助手が返事をする。女性なのに変わった名前だなと祝依は思った。

「筋肉内出血は見られません。舌骨、甲状軟骨も異常なし」

「あ～骨折してないいんですか。骨が丈夫なのか、体重軽いんですかねーこの人」

察するに、首を絞めた縄で喉の辺りの骨が折れなかったということだろう。眉《まゆ》を寄せていると、助清の目が笑った。

「首吊《くびつ》りだと、舌の骨と、喉の軟骨って、折れることが多いんですよ～」

「あ……ありがとうございます」

するとと男性の助手も、軽い感じで誰にともなく話し出した。

「でもこれ非定型ですしね。この人動画配信者なんですよね？　だったら、動画のネタで試しに首吊りしてみた、とかで事故っちゃったとかないですかね？」

「おいおい戸丸《とまる》。名探偵気取り～？」

「いやいや、褒めないで下さいよ」

「褒めてねーって。いいから、ここ写真撮りな」

「はーい」

戸丸はカメラを構えて、剝《む》き出しになった喉の組織を撮影した。どうやら、助清が霧崎の補佐のような形で、戸丸は写真を撮影したり、ホワイトボードに情報を書き込んでゆく作業を担当しているようだ。

それにしても……解剖の現場というと、凄《すご》く厳粛で緊張感があるのかと思ったが、思ったよりも雰囲気はゆるい。助手の二人――助清と戸丸は軽口を叩《たた》いているし、霧崎がそれを咎《とが》める様子もない。

そんな医師たちを見つめる神長も、それほど緊張感があるようにも見えない。鑑識の一人はつまらなそうな顔で写真を撮っているし、他の二人は次の休みは何をしようか考えているのでは？　と思いたくなるような虚《うつ》ろな目をしている。

そんな中で、遺体が解剖されてゆく。その落差が、異常な世界へ迷い込んでしまったような感覚を、より一層強めていた。

霧崎は喉の組織を見つめ、つぶやく。

「うっ血がないほど血管が閉塞《へいそく》しているのに、筋肉内出血も骨折もない……奇妙です」

助清は配島の顔を見つめた。

「この人、あたしらを騙《だま》そうとしてんですかね～」

「生きている人間は嘘を吐きますが、死んだ人間は嘘を吐きません」

霧崎は喉から頭の方に体を少し移動させた。

「開頭します」

「え？」

思わず祝依は声を上げてしまった。霧崎が問いかけるような目で見つめてくる。

「いえ、すみません。首吊りなのに、なぜ頭を……って思っちゃって」

「窒息で亡くなったのかどうかを確認する上で、重要な点です」

頭の中が？

祝依には何のことか分からないが、霧崎は迷うことなく頭の周りにメスを走らせる。

そして頭の皮を剝《は》いだ。

あまりにも衝撃的な眺めだった。

頭の皮を剝ぐ、というのは文字では何度も見たことがある。だが本物は想像を超えていた。思いのほか、あっさりとめくれるのに驚いたし、何よりそのビジュアルの破壊力が凄《すさ》まじかった。

霧崎は手を止めることなく、電動ノコギリで頭蓋骨《ずがいこつ》を切断し、続いて脳髄を露《あら》わにした。

不思議と気分が悪くなったり、吐き気を感じたりはしなかった。想像を絶していて、現実感がなかったからかも知れない。或《あ》るいは、強烈な衝撃に打ちのめされて、感覚が麻《ま》痺《ひ》したのだろうか。

頭蓋骨を切断とか、脳髄を露出させるとか、恐ろしく困難なことに思える。こんなにあっさり出来てしまうのかと、奇妙な感心の仕方をする自分にも驚いた。

霧崎は手で脳を取り出した。そして脳のなくなった頭の断面を見つめている。その脇から、戸丸がカメラのシャッターを何枚も切った。

「頭蓋底に出血なし」

「それが……窒息と関係があるんですか？」

だんだん口を挟むことに抵抗がなくなってきた。霧崎も特に嫌な顔はせず、あっさりと答える。

「はい。死因が窒息である可能性が低くなりました」

「え？」

「頭蓋底に出血がないということは、顔のうっ血が少ないことと合致します。でも二つの動脈を閉塞させるほどなら、筋肉内出血や舌骨、甲状軟骨の骨折が見られる可能性が高い。恐らく死因は縊死ではありません」

　祝依の胸が高鳴った。

　もしかしたら、本当にこの人なら証明するかも知れない。

　自分だけが知っている真実を。

「開胸します」

　先程喉を切り開いたU字の一番下あたりに小指をあててから、メスを一気に腹部に向け走らせる。

　恐ろしさを感じると同時に、鮮やかな手並みに美しさを感じた。

　しかし、そんな感動は一瞬だった。霧崎が手で配島の胸を開くと、体の内側全てが目に飛び込んできた。赤く濡《ぬ》れて光る、肉と脂肪、そして内臓。

　これが人間なのか。

　写真で見るのと、実物を目の当たりにするのとでは、まったく違う。

　本来なら見てはいけない、見せてはいけないものが、明かりの下にさらされている。

　なぜか不安と恐怖を感じた。そして、リアルな時代劇ってこんな感じなのだろうか、と唐突に思った。何でそんな疑問が頭に浮かんだのか分からない。混乱しているのかも知れない。

霧崎は刃が曲がったペンチのような肋骨剪刀《ろっこつせんとう》で、肋骨を切断してゆく。遺体を損壊しているようにも見え、本当に大丈夫なのかとますます不安になる。

肋骨がなくなり、肺や心臓が姿を現した。

「やはり漿膜《しょうまく》にも溢血《いっけつ》点なし。肺のうっ血もありません」

そこでようやく、肋骨を取らなければその内側にある内臓を見ることが出来ない、という事実に気が付いた。

体の内部が剝き出しになった人体には、有無を言わせぬ迫力があった。人間だったものが、別の何かに変わってしまったような錯覚に陥る。言葉は悪いが、人の皮の下から怪物が現れたような印象すらあった。

言葉に出せば失礼な話だが、しかし理屈ではなく、そう感じてしまった。そう思ってしまった。目の前に横たわる物体には、それほどの存在感があった。

——これが、人の仕組みなのか。

だとしたら、自分は今まで人間のことを何一つ知らなかったのではないか？　これと同じものが、自分の中にもある。これと同じ仕組みで、自分が生きて動いている。それが信じられない。

機械の構造は想像がつく。例えば車の仕組みは知っているし、工場で分解整備しているところを見ても、想像通りで別に衝撃はない。

しかし生物——特に、人間は違う。

一応、学校でも人体模型を見たことはあるし、内臓の仕組みを聞いたことはある。けれど、想像していたものとは全然違った。

そんな考えが頭の中をぐるぐる回っている内に、霧崎は心臓を摘出していた。

臓器を切り離して、助清に渡してゆく。完全に切り取ってしまうことに驚いていると、助清はその臓器の重さを量ったり、血液を採取したりしている。体の中身が、どんどん失われてゆく。

「やはり肝硬変になっていますね」

霧崎はやや大きめの臓器を切り取ると、銀色のパットの上に載せた。濃い紫色で、表面が凸凹《でこぼこ》してグロテスクだ。

「かなり悪化はしていますが、肝臓が直接の死因ではなさそうですね」

続けて霧崎は別の臓器を切り取る。

「胃も異常はなさそうです。内容物を確認してください」

「え～もうですか。ちょっと待って下さい～」

霧崎のスピードが速く、助清の方が追いつかない。

「あ、だったら僕が」

写真係の戸丸がカメラを下ろし、胃の入ったパットに手を伸ばそうとする。

「いえ、でしたら胃の内容物は私が採取します」

「え？　でも先生の手を煩わせるなんて」

戸丸は申し訳なさそうな声を出した。

「問題ありません。戸丸さんは引き続き記録をお願いします」

「了解しました！」

元気よく答えると、すぐに戸丸はカメラを構え直す。

霧崎は新しいメスに持ち替えると、胃を切り開いた。中にはどろりとした半固形物が溜《た》まっている。

「あまり消化が進んでいません。死亡推定時刻は、腸内温度の方が正解かも知れません」

霧崎は、胃の内容物をスプーンで掬《すく》うとプラスチックの容器へと移してゆく。言ってみれば、嘔吐《おうと》物を掬って集めるようなものだ。慣れているとはいえ、顔色一つ変えずに淡々とこなすのは凄いと思った。

「死後硬直は筋肉の疲労があると、通常より早く表れます。死ぬ前にもトレーニングをしていたのなら――」

唐突に霧崎の手が止まった。

「どうかしたんですか？　霧崎先生」

カメラを構えている戸丸が首をかしげた。

霧崎はピンセットで胃の中から、何かをつまみ上げた。

それは小さな紙片だった。

縦横二センチ程度の小さな紙に、活字が二つ。

――怨　♀

「何だこれ……」

思わず、祝依はつぶやいた。

その声が大きく聞こえるほど、解剖室の中は静まり返っている。

「残念ながら」

紙を洗ってビニールパックに入れると、霧崎が独り言のように言った。

「これは殺人のようです」

それは分かっていた。

しかし、これは――

霧崎を除いた全員が、呆然《ぼうぜん》とその紙切れを見つめた。

我に返ったように、神長の表情が引き締まる。

「――写真を。それと証拠品の保全を」

鑑識も目が覚めたように動き出す。解剖台に身を乗り出して写真を撮りまくる。

不気味な静寂の中、シャッター音だけが絶え間なく続いた。

† † †

配島直志は自殺から一転、他殺の疑い濃厚となった。

そのため神長と鑑識は、現場の確認のために早々に出て行った。祝依も一緒に行こうとしたが、詳しい話を霧崎から聞いておくように言われたので、一人残った。

解剖室を出たところにある準備室で、祝依は解剖着を脱ぎ、備え付けのゴミ箱へ放り込む。身に着けていたものを捨てても、何となく体に死臭が染みついたような気がする。

「いやぁ……びっくりしたなあ。あれってダイイングメッセージ、ってやつですよね？」

戸丸は帽子とマスクを取ると、興奮気味に話しかけてきた。

明るく、屈託のない青年だった。歳は祝依と同じくらい。背は戸丸の方がわずかに高いだろうか？　百七十センチ台後半といったところで、体型は痩《や》せ型だ。

「ダイイングメッセージ？」

「だって、ドラマで見たことありますよ！　犯人に監禁された被害者が、気付かれずに手掛かりを残すために、メモを飲み込んだって！」

確かにその可能性はある。

「まだ何とも言えないですが……えっと、戸丸さんで宜《よろ》しかったですか？」

戸丸は恥ずかしそうに後ろ頭をかいた。

「すみません、いきなり話しかけて。僕は戸丸凪《なぎ》、本当は看護師なんですが、大学の求人を見て法医学教室の補助として勤務してます」

「まったく戸丸は。人懐っこいのはいいけど、ちょっと失礼だぞ」

女性の助手、助清もマスクを取って素顔を見せた。意志の強そうな眉《まゆ》と化粧っ気のない顔。霧崎とは実に対照的だ。

「それにはしゃぎ過ぎ。殺しの可能性もあるご遺体だったんだからさ」

「はい……失礼しました。でも勘違いしないでください。僕は殺された人が、霧崎先生のおかげで死者の尊厳を守れるんだって感動してたんです！」

「死者の尊厳……」

祝依はその言葉を嚙《か》みしめた。

「だって、本当は殺されたのに、自殺にされちゃうなんて……酷《ひど》すぎるじゃないですか」

さっきまで明るかった戸丸が、悲しそうな表情を浮かべる。とても情緒豊かで、そして心の真っ直ぐな青年だと、祝依は好感を持った。

「はいはい。ったく戸丸はフレッシュだね～。そのまま育っておくれよ」

自虐的な笑みを浮かべた助清に、戸丸はころっと笑顔を取り戻す。

「そう言われると、ちょっと恥ずかしいですけど……がんばります！」

「助清さん。解剖前に血液の採取は」

二人のやり取りを無視するように、霧崎は尋ねた。

「してますよ。検査に回しますか？」

「お願いします」

「でも予算がないとか、うるさいこと言われそうですね～」

霧崎は帽子とマスクを取ると、小さく溜め息を吐いた。

「……でしたら基本的な検査だけで結構です。あと血液ガス分析をお願いします」

「了解でーす」

「じゃ、僕は写真のデータをアップしてきます」

戸丸と助清が姿を消すと、部屋には霧崎と祝依だけが残った。

「あの、霧崎先生。今日の解剖について詳しい話を伺いたいのですが」

「頸部《けいぶ》圧迫による窒息死ではありません。ただ、死因に関しては今はまだ――」

霧崎は解剖着を脱いだ。

「あ」

脱いだときの勢いで、首に巻いていたスカーフがほどける。祝依が渡された解剖着には、スカーフはついていなかった。きっと匂いがつかないように、ガードを固めていたのだろう。そう考えて、何気なく見つめていると――

え？

霧崎の首に、大きな傷痕《きずあと》があった。

まるでファスナーのような縫合の痕が、首を一周している。

「――っ」

霧崎は咄嗟《とっさ》に手で首を隠して、更衣室と書かれた扉の中へ入って行く。

今の……見間違いじゃ、ないよな。

相当な大怪我だ。でも、どんな怪我をしたら、あんな痕が残るんだ？　まるで首を切り離して、すげ替えた跡のようにも思える。あり得ない話だ。我ながら馬鹿な妄想だと思う。きっと霧崎の人形のような見た目が、そんな荒唐無稽《こうとうむけい》なことを思い付かせるのだ。そう自分を納得させた。

現実的に考えれば、事故、或《あ》るいは暴行。何にせよ、見られたくないものを見てしまったことに変わりはない。

まいったな……何て言って詫《わ》びたらいいいんだ？　それよりも、何もなかったことにするのが良いだろうか。

気まずい思いで待っていると、配島のマンションに現れたときと同じ服を着て、霧崎が現れた。首にはしっかりチョーカーが巻かれている。

「先程のお話ですが……死因の特定のために、お願いしたいことがあります」

霧崎は少し怒ったような、鋭いまなざしを向ける。思わず祝依はたじろいだ。

「な、何でしょうか？」

「現場をもう一度見せてください」

「でも、今は鑑識が作業をしていると思いますので……」

「その後で結構です」

何で法医学者が、遺体のなくなった現場を見たがるのだろうか？　解剖した時点で、この人の仕事は終わっているはず。　現場を見せる理由がないし、神長にも何て説明したらいいのか分からない。

断りの言葉が喉元《のどもと》まで出かかった。

しかし、責めるような、どこか拗《す》ねたような霧崎の表情に言葉が止まる。人形のように思えたが、やっぱり感情がある人間だ。そして、さっき傷痕を見てしまったことが、着替えを見てしまったときのような後ろめたさを感じさせる。

「鑑識が帰った後でなら……」

と、つい言ってしまった。

† † †

翌日の昼過ぎ、祝依は車で配島のマンションに向かっていた。

本当は休日なのだが仕方がない。鍵《かぎ》は昨日のうちに借りておいたので、自宅のある八王子の柚木《ゆぎ》から自分の車を運転して直接向かっていた。

その車を、配島のマンションにある来客用駐車場に駐《と》める。外に出ると、冷たい空気に、ぞくっと体が震えた。今日は曇っているせいか、冷え込みが厳しい。外で待っていると、すぐに耳と指先が痛くなりそうだ。

助手席に置いてあったコートを羽織りながら、マンションを見上げる。タイル張りの外観は、三十年くらい前に流行《はや》ったデザイン。無難な間取りの家族向けの分譲マンション。この条件なら、二千五百万くらいだろうか。

祝依は、不動産の物件情報を見るのが趣味だった。きっかけは、上京したときの部屋探しだ。それまでは北陸《ほくりく》地方にある祖父の家に住んでいたのだが、八王子にある大学に合格したので、一人暮らしを始めることになった。

インターネットで賃貸アパートの検索をしている内に、世の中にはこんなにも沢山の家があるのか、と驚いた。奇妙な間取りや、面白いインテリアの部屋を見て、賃貸料を確認するのが楽しくなった。

この部屋に住んだら、自分はどんな人生を送ることが出来るのだろう。そこに住めば、新しい未来が手に入るような気持ちになった。

そうして選んだ大学まで自転車でいける物件。そこは東京とは思えないほどの、ど田舎だった。しかし、それも含めて面白く感じた。

大学を卒業し、半年間全寮制の警察学校で訓練を受け、めでたく任官。しばらく独身寮暮らしだったが、体育会の合宿所のような雰囲気に馴染《なじ》めず、結局早々に部屋を探すことにした。

そうして今は、やはり八王子の辺鄙《へんぴ》な場所に住んでいる。駅から遠い分、家賃は安いし、駐車場代も安い。八王子では駅の近くに住んでいない限り、車がないととても不便だ。だから安い中古車を買った。

目立たない国産のセダンではあるが、自分が車を持つなんて想像もしていなかった。

やはり、住む場所によってライフスタイルが変わる。

不動産情報を眺めていると、いつも思うことがある。

もしこの家に住んでいたら、自分の人生はどう変わっていただろうか。

それとも、結局は変わらないのだろうか。

金沢《かなざわ》に行く前は、東京都心部のマンションに住んでいた。幼い頃だったので、記憶も曖昧《あいまい》だが立派なマンションだったと思う。建物と周辺のことはよく覚えている。

けれど、家族の記憶は薄い。特に父の記憶はほとんどない。

自分はいつも、寒い部屋で一人、母が帰ってくるのを待っていた。

母は帰ってくると、抱きしめてくれた。

けれど、ある日――

「……あ」

目の前、二メートルほど先で立ち止まる人影に気が付いた。

霧崎真理だ。

「すみません、ちょっと考え事をしてて……お疲れ様です、霧崎先生」

霧崎がまとっているのはコートではなく、黒いマント。風にはためく裾《すそ》から、黒いストッキングを穿《は》いた脚がすらりと伸びている。人形じみたというよりも、等身大の人形が生きて動いている、という感じすらする。

「……」

霧崎は無言で会釈。それから二人でマンションの中に入り、エレベーターで五階へ。鑑識の調べも終わり、今は部屋の前に見張りもいない。署で借りた鍵を使って扉を開ける。靴を脱いで、部屋に上がると不思議と懐かしい感じがした。

配島の遺体があった場所は、今は何もない。ラックに積まれた本はそのままになっている。しかし作業用のデスク周りにあったパソコンはなくなっていた。デスクの引き出しを開けてみたが、こちらは使い古しの文房具だけが残っている。調べたくなるようなものは、既に鑑識が持ち去った後だった。

「あ、そうだ。頼まれていた、回収した証拠品の一覧です」

昨日、現場を見せることを承知した後で、霧崎に頼まれていたものだ。祝依は内ポケットからコピーした紙を出すと、霧崎に渡す。

しかし、正直言って参考になるようなものはない。気になったといえば、使っていた携帯電話がスマートフォンではなくガラケーだったことくらいだが、レトロなものが好きな人は大勢いる。

実際、配島は五十歳近いし、紙の本をこれだけ持っているのだ。動画の配信をしているとはいえ、アナログ人間だったのかも知れない。

霧崎はリストに目を走らせると、すぐに祝依に返した。

本当に見たのか？　というくらいに早かった。せっかく持って来たのに、適当に流されたような気がして、少し面白くない。

とはいえ不満を感じるのは筋違いだろう。頼みをきいたのは、霧崎に対する感謝の気持ちからだ。自分の意見を聞き入れて、証拠を示してくれた。だから希望があるのなら、叶《かな》えてあげたいと思った。それにもしかしたら、警察以外の視点で気付くことがあるかも知れない。そう自分に言い聞かせていると、唐突に霧崎が訊《き》いてきた。

「パソコンは一台だけですか？」

「……へ？」

改めて一覧を確認するが、デスクの横に置いてあった一台だけのようだ。

「署で実物も見ましたが……そうですね、一台だけです」

「………………」

「それが何か？」

「いえ。他にもあるような気がしただけです」

気がする、とはどういう意味だろうか？　明らかに置いてあった場所から消えているのならともかく、そんな形跡は残っていない。

「ええと……それらしきものはありませんでしたね。他にも、目立ったものはありません。他殺の証拠となるようなものは勿論《もちろん》、自殺を決定的にするものもありません。テーブルの上にあった、空き缶や食べ散らかした物の中にも、配島以外の指紋や唾液《だえき》は検出されませんでした」

しかし、自分にだけ分かる決定的な証拠は、変わらずにそこにいた。

部屋の隅に目をやると――配島が佇《たたず》んでいる。

鑑識が作業をしている間も、ずっとそこに立っていたのだろう。その姿に意思があるのかどうかは分からない。しかし、あるとすればどんな想いで見つめていたのだろうか。証拠はそこにあると叫んでいたのだろうか。

霧崎はエアコンのリモコンを手にして、室内機に向けた。

「あ、もう電気が来ていないので、点《つ》きませんよ」

「…………」

霧崎はリモコンの液晶をじっと見つめた。

「すみません、霧崎先生。この部屋寒いですもんね……カイロでも持ってくれば良かったんですが、気が利かなくて」

「いえ、大丈夫です」

霧崎はリモコンを配島の作業机の上に置いた。

「霧崎先生には感謝しています。僕だけだったら、きっと自殺で片付けられていた」

「…………」

「殺人を犯しても、気付かれずにのうのうと生きている。僕は、そんな理不尽なことが許せないんです。だから……」

霧崎にじっと見つめられていた。メイクのせいもあって目の存在感が強い。長い睫毛《まつげ》に彩られた、綺麗《きれい》で大きな瞳《ひとみ》に見つめられると、たじろぎそうになる。

「で、でも凄《すご》いですね。遺体を外から見ただけで、自殺以外の可能性があるって分かっちゃうんですから」

「分かりませんよ」

「……え？」

「顔のうっ血も、死亡推定時刻の食い違いも、それほど珍しいことではありません。環境や健康状態など、様々な要因で変わります。肝硬変の疑いも、死因に直結するほどではないと思っていました」

「は？　えっと……」

何だ？

何を言いだしたんだ？　この人は。

「それじゃ……どうして……」

「解剖すれば、何らかの手掛かりが得られると思ったからです」

ちょっと待ってくれ。

順序が逆だ。普通、何か怪しい点があるからこそ、より詳細に調べるために解剖をするんだろ？

そんな祝依の表情を見て、霧崎は少し首をかしげた。

「変ですね。あなたも、これが他殺と確信しているような口ぶりでしたが」

「それは……」

答えられずにいると、霧崎はマントの内側からスマートフォンを取り出した。画面をタッチしながら問いかけてくる。

「祝依さん、あなたは自殺しようと思ったことはありますか？」

祝依の背筋が、ぞくりと冷える。

返事に迷っていると、霧崎は自分で答えた。

「私はあります」

「え……」

そんなことを告白されても、返答に困る。見た目通り、地雷系な言動だとは思うが。

「これは配島が運営している動画配信チャンネルです」

そう言ってスマートフォンの画面を見せる。

「ええ、警察でも把握しています」

昨夜、祝依も見た画面だ。動画も二、三再生してみた。社会の闇を暴き、正義を執行するチャンネルを標榜《ひょうぼう》しているが、実際はニュースを引用して、文句を言うのが主な内容だ。傾向としては芸能スキャンダル、そして医療系の不祥事に関するものが多い。

いくつかは独自のネタもあり、実際の病院に押しかける迷惑系な動画もある。大半は下らない内容だが、実際に配島の動画がきっかけで、炎上した案件もいくつかはあるようだった。

霧崎は一番新しい動画を再生した。

『はい、始まりましたー配島チャンネル。先日好評だった、神奈川の医療過誤のひでーやつ。輸血で空気を入れちゃったってとんでもねー話。これをさらに、深掘りしていきたいと思いまーす！　アホなマスゴミはごまかせても、この俺の目はごまかせねえからな！』

生きて動いている配島の姿は、どこか奇妙に感じる。祝依が知っているのは、死体か幽霊の配島だけだったからだ。

「これが配信されたのが、十一月十三日。配島が死亡したのが十一月十四日から十五日にかけての深夜と推定されるので、二日前の動画ということになります」

確かに、この動画からは自殺するほど悩んでいる様子は窺《うかが》えない。むしろ、元気いっぱいに見える。

「さらに、次回予告までしています」

動画の終わりまでスキップさせると、配島がご機嫌で告知をしていた。

『――ってゆー動画とね、昔俺が暴露したスキャンダルの続報を用意しているから。関係者諸君は震えて眠るといいぜ。はははは、やっぱね、医者はろくでもねえヤツが多過ぎ。人の弱みにつけ込んで、金を稼いでるような連中だから。病院も治外法権もいいところだぜ。悪いことしても、外になかなか漏れない。隠蔽《いんぺい》しまくりだし。でも、悪いことして逃げおおせるとか思ったら、大間違いだから。それとコラボもね、やる予定だから。カズミヤさんとさらに社会問題に深く斬り込んで行こうかと思ってまーす』

カズミヤというのは、第一発見者の三宅和夫のことだ。

「私には、自殺を考えている人間の精神状態とは思えません」

それについては祝依も同感だった。しかし――

「でも、人の気持ちって分からないですから。突然死にたくなるってこともないとは言い切れません」

と、署で相田と神長にツッコまれた。単なる自殺で処理はされなかったが、まだ他殺だと断定されたわけではないのだ。

「それなら、どうしてロープなのですか？」

「え？」

ロープって……首を吊《つ》った？

「首吊りをするときロープって、普通じゃないですか。特に変なことは……」

「あれはインテリアの装飾によく使われる綿のロープです。園芸や手芸で使われたりもします。しかし、そういった趣味があったとは思えません。この部屋を見た限りでは」

祝依には、ロープの種類までは分からなかった。

「確かにこの部屋の雰囲気ではありませんね……ラックに積まれた本の中にも、それ系のものはなかったはずですし。でも、それが何か関係あるんですか？」

「私が今までに解剖した遺体の傾向として、唐突に死のうと思った場合、電気のコードやベルトなど、手近なもので済ませる事例が多いです。配島は、前もって自殺の準備をしていたように思えました」

「でも……たまたま、あったとか？」

「あのロープは、両端が切ってありました。長さが調節してあるんです。そんな都合の良いロープがなぜあったんです？」

祝依は、なぜか追い詰められているような気がした。

「何か他の目的で買ってあって、それを丁度いい長さに切ったとか……」

「でしたら、切れ端があるはずです」

そんなものは、なかった。

「以前に切って、捨ててしまったとか」

「でしたら、突発的に死にたくなったことになりません」

言われてみれば、確かに不自然に思えてくる。なぜ自分はそのことに気付かなかったのだろう？

「あとトレーニング用の部屋ですが……あそこは死ぬにはいい部屋でしたね」

言い方ってものがあるだろう、とツッコみたくなった。

「表現はともあれ……どういう意味ですか？」

「ぶら下がり健康器は、首を吊るのに丁度良いと思います。重さにも耐えられ、高さも十分。定型的縊《いし》死を行うのに格好の器具です。それなのに、なぜ本棚のラックなんかを選んだのでしょう?」

　そんなこと知るはずがない。想像することは出来るが、実際のところは配島に訊《き》くしかないのだ。

「分かりませんけど……そういう気分だったのではないでしょうか」

「そうかもしれませんね」

　霧崎は本が積まれたラックに近付いた。

「でもきっと、こちらの方が作業が楽だったからでしょう」

「楽?」

「縊死に偽装するのが、です。なにせ人は重いですから」

「女性なら厳しいかも知れませんが、男なら——」

　問題ないと言いかけて、やめた。確かに、ぶら下がり健康器に輪っかを作ったロープをぶら下げて、そこにぐったりした死体を抱えて首を入れるのは、なかなかに大変そうだ。

　最初にロープを首に巻いて吊《つる》すとすると、五十キロ以上の重さを縄を引っ張って持ちあげることになる。さらにそのロープを不自然なく結ばなければならない。考えるだけで嫌になる。

「確かに……こっちなら足が床に着いている分、力は少なくても済みそうだ」

霧崎は何を考えたのか、本をラックから下ろして、シリーズごとに積み始めた。

「あの……何をしてるんですか？」

「確かに非定型的縊死の方が、吊すのに必要な力は少なくて済みます。けれど、やはり作業としては大変です。遺体を雑に扱って傷が付くと、そこから犯行がばれる危険性がありますし」

「なるほど……」

よくそこまで気が付くものだと感心する。まるで犯人の気持ちが分かるかのようだ。

「やっぱりですね」

「……って、何がです？」

「本が足りません。シリーズものですが、途中抜けている巻があります」

些細《ささい》なことだと思う。しかし先程から、霧崎は祝依が考えつかなかったことを、次々と指摘している。一方的にやられっぱなしというのも面白くない。

「もしかして、その本を奪うことが目的だったとか？」

「その可能性もあります。或《ある》いは、処刑台に使ったか」

また物騒な単語が出てきたものだ。

「処刑台って……」

「遺体の首に縄をかけた後、本を積んでその上に座らせたのではないでしょうか。その状態で、ラックにロープを結び、本を少しずつ抜いていけば……」

……なるほど。

「確かに、作業的にはかなり楽になりそうです。けど……どうしてその方法だと？」

「部屋は綺麗《きれい》に整頓《せいとん》されていると感じました。それなのに、本棚だけが乱雑です。きっと、そうしなければならない理由があったのではないかと思いました」

霧崎は、配島が座っていた辺りの床を指さす。

「死んだ後、遺体から排泄《はいせつ》物が漏れることがあります」

ふと、霧崎が言わんとすることに気が付いた。

「それで本が汚れてしまって……回収せざるを得なくなったと？」

「そういった現象が起きることは、恐らく犯人も知っていたとは思います。断言は出来ませんが……もしそうなら、犯人が犯した数少ないミスの一つだと言えます」

「それで本が足りないことをごまかそうと、乱雑に積んだ？」

「ええ。もしかしたら、抜けている本があっても気にしない人間だと印象づけるため、汚れていない本もいくつか持ち去ったかも知れませんね」

霧崎から話を聞いた後だと、部屋の様子がまるで違ったものに見えてくる。

配島の霊が立っていることを除外し、この部屋だけを見れば、自殺としか思えない。何も不自然なところはないと、祝依も感じた。それなのに、今ではつじつまの合わないことだらけな奇妙な現場に見えてくる。

「あれ……でも、ちょっと待って下さい」

祝依は頭の中を整理した。

「……と言うことは、霧崎先生が解剖が必要だと判断した理由って……」

「はい。部屋の状況を見て、変だと思いましたので。ただそれは私の領分を超えています。ですから、私の権限の及ぶ範囲内で、やや強引に解剖を要求しました」

もちろん遺体の状況も鑑《かんが》みて、ではありますが――と、取って付けた。

「まいったな……」

祝依は溜《た》め息を吐いた。

だが結果的に、単なる自殺ではないことが証明出来た。いや、それどころか――

「霧崎先生の個人的な見解を教えて下さい。この件は自殺ですか？　他殺ですか？」

ほんの一瞬の間をおいて、

「間違いなく他殺です。それも、巧妙に手口を隠しています」

と、霧崎は断言した。

「でも霧崎先生、犯人は胃の中にあんなメモを残しています。巧妙に手口を隠す一方で証拠を残すなんて、僕には大きな矛盾に感じられるのですが」

「そうですね。あのメモは犯人にとって、重要な意味を持っているのかも知れません。解剖では犯人の気持ちまでは分かりませんが」

「確かにそうですね……」

　それは刑事である自分たちが解明しなければならないことだと、祝依は自分に言い聞かせた。

「ただ、犯人が犯行を隠そうとしていたことは間違いないと思います。そう考えると、先程お話ししたロープについて、どうして柔らかい綿のものを選んだのか納得がいきます。恐らく肌に傷を付けることを嫌ったのでしょう」

「でもそれは問題ないのでは？　偽装したとしても、首吊《くびつ》りで痕《あと》が付く分には良《い》いじゃありませんか」

「犯人は、縊死させる前に配島が死ぬ可能性があると考えていた、ということです。死んだ後で遺体に傷が付くと、生活反応が出ません。傷が付いても、出血が少なかったり、腫《は》れたりしないのです。ですから、殺した後で吊したとバレてしまいます」

「なるほど……」

　祝依は感心してうなずく。

「恐らく、何らかの方法で意識を失わせていたはずです。その過程で死んでしまう可能性も考えていたと考えられます」

　はっとして、祝依は霧崎に尋ねる。

「じゃ、血液の検査を頼んだのって……」

　霧崎は黙ってうなずいた。

　あのとき、そこまで分かっていたのか。この人は。

祝依はつい、熱いまなざしで霧崎をじっと見つめた。霧崎はその視線から逃れるように横を向く。ぶしつけな視線だったかと、心の中で反省したが、霧崎の横顔からは、特に嫌悪の感情は読み取れない。霧崎は淡々と言葉を続けた。

「ロープの使い方にも気遣いが窺《うかが》えました。あの太さなら、首を二回りさせてもおかしくないですが、一回で済ませています。犯人は、二回巻くと肌を傷付けることが多くなると知っているのでしょう」

「何で犯人は、そんなことを……」

「可能性は二つ。一つは、法医学的な知識を持った医療関係者」

「え……それって」

さきほど反省したばかりなのに、霧崎の横顔と立ち姿を、上から下まで、何度も視線を走らせてしまった。

「もう一つは、過去に同じようなことをして、知識と経験を積んでいる」

「それって……連続殺人って意味ですか？」

「はい。快楽殺人、シリアルキラー……そういった事件が、過去の自殺の中に隠れている可能性は高いと思います」

もしかしたら――

今まで自分が知っていながら、覆すことが出来なかった案件。その中にも、今回の犯人の犯行があったのかも知れない。そう思うと、祝依の心が罪悪感と責任感で押し潰《つぶ》されそうになる。

だが、だからこそ、今回こそは失敗するわけにいかないのだ。

まだ神長や相田を説得出来たわけではないが、祝依の中では確証があった。

これは殺人と立証できる。

祝依は部屋の隅にいる配島に視線を送る。その視線をふさぐように、霧崎が目の前に割り込んで来た。距離が近い。

「私からも、尋ねたいことがあります」

「は、はい。何ですか」

「私は、てっきりあなたも私と同じことを考えたから、もっとよく調べようと主張していたのかと思いました。でも違ったのですね」

どきりと胸が跳ねる。

誰にも話したことのない、自分だけの秘密を暴かれるのではないか。そんな不安に襲われた。

「僕は……単に、丁寧に捜査をしたいと」

「先輩に逆らってまで、組織に反してまで？」

霧崎の瞳《ひとみ》は、それ自体が光を放っているかのように輝いている。その光が、自分の心の中を全て照らし出してしまうのでは？　闇の中に隠したものすら、明らかにされてしまうのでは？　そんな焦りに、全身から汗が滲《にじ》む。

「それは……」

壁際に追い詰められるような感覚がした。

この人は一体――

「あの辺りを、この前からずっと気にしていますね」

霧崎は配島を振り返った。

「あそこに何があるんですか？」

「!?」

霧崎は配島を見つめている。だが、実際はただの壁を見ているだけだ。

「まさかとは思いますが――」

霧崎の冷たく美しい瞳が、再び祝依の目を覗《のぞ》き込む。

「幽霊でも見えているのですか？」

祝依の心臓が痛いほど鳴った。

「み、見えるのか!?　君にも!!」

咄嗟《とっさ》に、そう叫んだ。

霧崎は――心底驚いたように目を大きく見開いた。

その表情がどこかあどけなく、こんな状況にもかかわらず、かわいい、と祝依は思ってしまった。

† † †

助手席に座る霧崎が、感情を殺した声で言う。

「まさか、肯定するとは思いませんでした」

祝依はハンドルを握りながら、恥ずかしいような、悔しいような、言いようのない感情に襲われていた。

「忘れてください。あれは冗談です」

「真に迫っていましたけど」

「こう見えて、芝居は得意なんです」

祝依の運転する車は、国道二十号線を高尾《たかお》方面に向かっている。霧崎を八王子医科大学へ送るところだった。

「自殺した人の霊は見えないが、殺された人の霊が見える……確かにそれなら、あなたが他殺の可能性を疑って食い下がったのも納得できます」

「オカルト要素が前提になるってツッコミはなしですか？」

「サンプル数が少なすぎます。これから事例を増やして行けば、否《いや》でも結論が出るでしょう」

「これからって……」

「あなたは八王子警察の刑事で、私は八王子医科大学の法医学医ですから」

確かに、これから度々顔を合わせることになりそうだ。祝依はちらりと助手席に座る霧崎の横顔を見た。

今後、事故や事件などで死亡者が出る度に、この病み系というか、地雷系というか、もの凄《すご》く場違いな姿が現場に現れるのかと思うと複雑な気分だ。

「それにしても……霧崎先生のファッションって凄いですね。病院とかって、お堅いイメージだから驚きました」

「いい顔はされません。ですが、法医学医は不人気でなり手がいませんので、見て見ぬふりをしてくれます」

「それは……あまりいいことではないような」

「いえ。それを望んでいますので」

それは……どういうことだろうか？

「人との接触は最低限にしたいのです」

「でも化粧とかオシャレって、人を惹《ひ》き付けるためにするものじゃないんですか？」

「それは誤解です」

そうなの……か？

「ほとんどの女性が着飾るのは自分のためです。綺麗《きれい》になること自体が嬉《うれ》しいという自己満足です。他人を惹き付けるとしても、それは二次的な効果……話が逸《そ》れましたが、私がこのメイクとファッションを採用しているのは、大学と病院では他人を惹き付けるのと、まったく逆の効果が得られるからです」

「逆？」

「みんな避けてくれます。あの女には関わらない方が良《い》い。知り合いと思われたくない。そう思ってくれますので、誰にも干渉をされずに済みます」

「つまり……他人を寄せ付けないため？」

「はい、鎧《よろい》のようなものです」

「はあ……」

そのメイクと服が鎧かどうかは別として、確かにコミュニケーション能力は微妙な気がする。マイペースというか、相手への気遣いに欠けるというか、どこか事務的というか。助手の助清と戸丸は仲が良さそうだが、霧崎は彼らともどこか壁を作っているように感じた。

「でも死体は別です。生きた人間とは、という意味で」

そんな注釈を入れられても……と、祝依は微妙な気持ちになった。

「それで法医学者になったんですか？」

「最初は外科医になろうかと思ったのですが、ほとんど接客業並のコミュニケーション能力が求められるので……」

「そ、そうですか。でも、そのおかげで好きな格好が出来るなら、悪い事ばかりじゃないですね」

「別に、このメイクとファッションが好きなわけではありません」

さっきから、そもそも論でひっくり返してくるな、この人——と祝依は心の中でツッコミを入れた。

「これは人に教わった……いえ、押し付けられたと言いますか……ですが、個性を押し隠してくれるのでありがたいですね。みんな似たような顔になります」

「よく分からないですけど、流行に乗ってるのがいいってことですか？」

「私だと気付かれないので、そこが良い点です」

「…………」

本当によく分からない人だと、祝依は思った。

けれどなぜだろう？　興味がわく。

「似たようなメイクでも、やっぱり人によって違いはありますよね？　霧崎先生は元がいいから、化粧も映えるんじゃないですか？」

「……私の素顔は醜いですよ？」

「……」

ただの謙遜《けんそん》だろう。そう軽く流そうとしたが、霧崎の首にあった傷痕《きずあと》を思い出すと、何も言えなくなった。

幸い、返事に困ったタイミングで八王子医科大学に到着した。関係者用の駐車場に車を回し、黒いワンボックスの隣に駐《と》める。

祝依と霧崎が降りるのと同時に、そのワンボックスの運転席からも人が降りて来た。

「あっ！　霧崎ちゃーん」

祝依は思わず半歩後ろに下がった。

全身黒い。頭の先から足の先まで、全身ゴシックロリータ・ファッションで固めた女子だった。馴《な》れ馴れしい態度といい、霧崎の仲間という雰囲気がある。

だが、当の霧崎は微《かす》かに眉《まゆ》を寄せた。

「また来たのですか」

「えー冷たいなぁ。あ、デートのジャマしちゃった？　だから怒ってる？」

見た目にそぐわぬテンションの高さだ。霧崎は溜《た》め息を吐いた。

「こちらは八王子警察の刑事、祝依さんです」

「あれ、そうなんだ？　警察にはたまに行くけど、会ったことないね」

「警察に？」

「あたし、葬儀社セレモニー鑓水《やりみず》の猫屋敷《ねこやしき》ルリ子《こ》。よろしくね、刑事さん！」

なるほど、確かに遺体の引き取りに葬儀屋が来ることはよくある。たまたま顔を見る機会がなかっただけのようだ。

「けど、その格好なら話題になっても良さそうだけどな……」

「あははは。さっすがに、普段は黒スーツだって！　でもここはいいの。基本的にうちらは表に出ないから」

確かに病院で葬儀屋が目立ったらまずそうだ。

「なるほど。偶然見られても、葬儀屋に見えないから逆にいいのかな……」

「うわ、刑事さん、話し分かるねー。死亡事故や自殺、殺人があったら、ぜひうちを紹介してね！」

「それはまずいだろ」

「あははは！　まっじめー」

軽く腕を叩《たた》かれる。見た目はゴスロリだが、ノリはギャルっぽい。

「猫屋敷さんは、遺体の引き取りに来たのですか？」

霧崎は仮面のような表情で、しかしどこか呆《あき》れたような声で訊《き》いた。

「うん、そーなの。あ、でも霧崎ちゃんと会えてうれしいな。ね、学食のカフェいこーよ。新しいコスメも紹介したいし！」

霧崎は祝依を一瞥《いちべつ》してから、猫屋敷と法医学教室のある建物に入っていった。

その後ろ姿を見送っていると、ジャケットの内ポケットが振動した。相田からの着信だった。

「はい、祝依です」

『まだ配島のマンションか？』

「いえ、移動中……です」

『そうか。配島の関係者から話を聞いて回る。お前も来い。まずは医者からだ』

「医者ですか？」

『病院の診察券が見つかったんだ。肝臓の件で通っていたらしい』

動画配信で医者と病院をディスってたのに、と少し呆れた気分になる。

『現地集合だ。遅かった方が、晩飯オゴリだからな』

「え、そんな……」

ギャンブル好きな相田のクセだ。ちょくちょくこういったゲームを仕掛けてくる。

『とにかく八王子医科大学附属病院だ。もっとも、俺はもうすぐ着くけどな』

八王子医科大学附属……病院？

祝依は大学に隣接する白い建物を見上げた。

「……すみません相田さん。ゴチになります」

†　†　†

忌々しそうな顔をした相田と合流してから、配島の主治医だった内科医に面会を申し込んだ。

診察待ちの患者が多く、終わるのを待っていたら夜になってしまいそうだった。そこで無理を言って、診察の合間に診察室で話を聞く事になった。

「すみません、すみません、お待たせしちゃって！　えっと、内藤祐二《ないとうゆうじ》です。警察の方と伺いましたが……」

たれ目で、見るからに人の好《よ》さそうな顔。やや下ぶくれな顔で、体型も小太り。ふと、北欧の有名なキャラクターを思い出してしまった。歳は四十代後半から五十代前半。背は祝依より低い。百七十を少し超えるくらいだろう。

勧められた椅子に座ると、相田が切り出した。

「配島直志さん、ご存知ですか？」

「ええ、知ってます。配島さんに……何かあったんですか？」

優しげな顔に、やや困惑したような愛想笑いを浮かべている。

「昨日、亡くなったのですが」

「えっ!?」

内藤は腰を浮かせた。

「あ、すみません……でも……いや、そこまで悪化していたなんて……」

「肝臓が悪かったとか」

「はい。脂肪肝が悪化して肝硬変になってました。配島さんは体を鍛えていて、見た目には分からないんですが。お酒をかなり飲む人でしたから……早く手術した方がいいって外科に申し送ったのですが……手遅れになってしまい、残念です。でも、うちの病院に搬送されたのなら、僕のところに連絡があってもいいのに」

「配島さんは一昨日《おととい》の深夜、自宅で首を吊《つ》って亡くなったんです」

「は⁉」

今度は完全に立ち上がった。

「じ、自殺……？　何で……」

困惑した顔で床を見つめている。その様子を、相田と祝依はじっと観察した。心底驚いた、という顔に見える。芝居らしさは感じられない。

「意外に思われますか？」

「あ……はい。え？　どういう意味ですか？」

「いえ、病気で悩んだ末の自殺というのは、よく聞く話でしたので」

「そ、そうですね。確かに」

内藤は椅子に腰を下ろした。

「けど、自分の患者ですし、やっぱり驚きます。でも……そうですね、病苦に悩んで自殺というのはよくある話ですよね……それに気付けなかったというのは、我ながら情けないですけど」

今度は祝依が尋ねる。

「──と仰《おっしゃ》ると、診察の時は特に悩んでいる様子はなかった、ということですか？」

「うーん……そう見えました。僕が気付けなかっただけ、なんでしょうけど。気付いていたら、カウンセリングを勧めることも出来たのに……悔やまれます」

祝依は確認するように相田と顔を見合わせる。再び相田が質問を始めた。

「配島さんは仕事……って言うんですかね？　動画配信をしていて、だいぶ病院や医療関係者に喧嘩《けんか》を売っていたみたいですが……そのことについては？」

ああ、と内藤は苦笑いを浮かべた。

「正直、自分がネタにされるのは嫌ですけどね。彼はあくまで仕事として、面白おかしく作ってるんでしょうけど。いじられる側としては困ります」

「配島さんに脅されるとか、あったんですか？」

相田が意地悪な質問をすると、内藤は慌てて首を左右に振った。

「いやいやいや、まさか。さすがの配島さんも、自分がかかっている医者に無茶なことはしませんよ。それくらいの分別はあるように見えました」

相田は小さくうなずくと立ち上がる。

「ありがとうございました。では配島さんを最後に診ていたのは、外科ということなんですね？」

「はい。院長の高垣《たかがき》です」

院長がわざわざ？　祝依と相田は、怪訝《けげん》な顔をした。

「外科部長も兼任してるんです。まあ、無茶なことをしないとは言いましたが、やっぱりこちらも警戒……いや、気を遣っていたってことです。御大自ら診察ということで、配島さんも満足されていたと聞いてますが……詳しくは本人から訊《き》いた方がいいですよね。外科病棟の誰かに事情を話せば、案内してくれると思いますよ」

「分かりました」

　相田と祝依が診察室を出ると、待っている患者たちから責めるような視線を浴びた。その視線から逃れるように、外科病棟を探して歩き始める。

「思ったより、配島との関係は良好そうだったな」

「そうですね。もっと険悪な感じか……少なくとも、動画の件はもっと問題視しているかと思いました」

「よその病院を叩いている分には、関係ないってことか。むしろ商売敵《がたき》が痛手を負うのは大歓迎か？」

　相田は乾いた笑いを浮かべたが、祝依はそんな気分にはなれなかった。

「けど、やけに驚いていましたね。自殺するなんて、考えられないって感じでした」

「途中から納得してたじゃねえか」

「それは……そうなんですよね」

　話の途中で、急に温度感が変わった気がした。単に自殺したという事実に驚いただけで、その後すぐに冷静さを取り戻したのかも知れないが。

「つか、外科ってどこだ？」

「全然分からないですね……一旦《いったん》受付へ戻りますか。何だか無駄に迷いそうです」

　そう言って、祝依は足を速めた。

† † †

受付で院長に面会を申し込んでから、たっぷり一時間は待たされた。だが、今度は診察室ではなく、立派な応接室に通された。

「急にお時間を頂いて、すみません」

「いえいえ。何でも配島さんが亡くなったとか……」

院長の高垣洋介《ようすけ》は、見るからに仕立ての良さそうなスーツ姿で現れた。高そうなセルフレームのメガネに高級な腕時計をしているところから、かなりの洒落者《しゃれもの》と推察される。

印象的なのは彫りの深い顔と、がっしりした顎《あご》に生える白髪の交じった顎鬚《あごひげ》。同じく綺麗《きれい》にセットされた髪と合わせて、ロマンスグレーという言葉がぴったりくる。

革のソファに腰を下ろすと、質問するより先に自分から話し出した。その立ち居振る舞い、話し方から、自信と余裕が伝わってくる。

「配島さんは肝硬変が進んでいて、放置しておくと危険でした。私も手術した方がいいと勧めてはおりましたが……」

相田はうなずきながら質問をした。

「では、命が危険な状態……突然死してもおかしくない状態だったんですか？」

「いや、正直なところ、今すぐに命に関わるような状態ではなかったように思います。

しかし、早めに処置すべきと何度も申し上げたのですが、聞いて下さらなくて……」

「それはまた、どうして？」

「いえそれが……本人が嫌がっておりまして。そこまで悪い状態じゃない、自分の体はよく分かる、と仰って……ずるずると予定が延期されているという状態でしたね」

高垣は沈痛な面持ちを浮かべながら訊《き》いた。

「しかし、警察の方がお見えになるというのは、どういうことでしょうか？」

「実は、自宅で自殺をした状態で発見されまして」

「自殺……？」

高垣は驚きに目を見開いた。

「意外でしたか？」

「ええ。以前に診察したときは、気持ちは元気そうでしたので。ただ……」

「ただ？」

「ああ、大したことではないんです」

「些細《ささい》なことでも結構なんで」

「はあ……話の途中で、急に黙り込んでしまうことがあって。ちょっと様子が変だな、とは思いました。でもすぐにまた元通りに話し始めたので、そこまで気にならなかったのですけど……今思えば、無理をしていたのかも知れません」

そこまで言ってから、高垣は不思議そうな顔をした。

「でも自殺ということでしたら……どうして、私のところへ？」

「自殺だとは思うのですが、死因となるとどうもはっきりしなくて」

ああ、と高垣は納得したようにうなずいた。

「直接の死因が、病死だったかも知れないということですか。ただ、最後に診察したのも、二、三ヶ月前だったので何とも言えないですね……しかしそういうことなら、検死で解剖をされた方が、確実かも知れませんね」

「ええ。こちらの大学の法医学教室で解剖をしてもらいました」

高垣は怪訝そうな顔をした。

「しかし、法医学の教授は退職されたはずでは」

「いやあ、それが……」

相田が言葉を濁したので、祝依が引き取った。

「代わりに新しい先生を紹介して頂きまして」

高垣は眉《まゆ》を寄せた。

「……霧崎ですか」

会ってから初めてネガティブな感情を見せた、と祝依は感じた。

「霧崎先生がどうかされましたか？」

しかしそれは一瞬で、すぐに人好きのする笑みを浮かべた。

「あ、いや……彼女は……色々と問題がありまして。社会性やコミュニケーション能力に問題があるのですよ。どうです？　ご迷惑をおかけしているのでは？」

　その言葉に、我が意を得たりとばかりに相田が笑い声を上げた。

「まあ、現場にあの格好で現れたときには驚きましたよ」

　高垣は困ったように頭を下げた。

「いや、面目ない。彼女は我々も持て余しているような状態でして」

　祝依は控えめに話に割り込んだ。

「すみません、霧崎先生は法医学の担当だと思うのですが、高垣先生は法医学教室の管理もしてらっしゃるのですか？」

「そうではありませんが……彼女は元々附属病院の外科にいましたから。しかし、あの格好を止めない上に、他人とのコミュニケーションに問題がありましてね……それで法医学教室へ異動することになったんです」

「そうだったんですか」

　以前、霧崎本人の口から聞いた話と、ほぼ合致する。

「それで、霧崎は何と言ってるのですか？」

　隠す必要はないかも知れないが、一応捜査状況に当たるかも知れない。

「……いやあ、まだ何とも言えなくて」

　高垣は素直に受け止めたらしく、椅子に背を預けると溜《た》め息を吐いた。

「どうやら霧崎は、法医学教室でも役に立っていないようですね」

それにしても、やけに霧崎に対して風当たりが強い。

「いえいえ。こちらでも色々確認しているところなので」

ごまかすような返事をしていると、今度は相田が話題を変えた。

「ところで配島さんは動画配信サイトを運営してましたよね？　医療関係者に対して、かなり辛辣《しんらつ》な動画を配信していましたが、そのことについてはご存知でしたか？」

高垣は苦笑いを浮かべた。

「ははは、正直いい気持ちはしません。もし、医療過誤などが事実であれば、批判は甘んじて受け入れます。が……彼の場合は、問題のないものをまるで犯罪のように印象づけたり、小さな出来事を大きな問題のように扱ったりと、事実を正確に伝えようという意思を感じません。いたずらに医療に対する不信感を煽《あお》るものに感じます」

「よくそんなことをしていて、先生のところへ治療を受けに来ますよね」

相田の言葉に高垣は、わははと笑い声を上げる。

「結局は、困ると頼ってくるんですよ。ああ、誤解のないように言っておきますが、治療には全力を尽くしましたよ？　さきほど批判的なことを言いましたが、直接話すと、動画のような感じではなく、ごく普通の人でした。まああれはバラエティ番組で、彼はタレントのようなものだったのかも知れません。問題なのは、彼の動画を真に受けて、関係もないのに自分勝手な正義感で暴れる連中なのかも知れませんね」

その言葉に、祝依は深くうなずいた。

†　†　†

病院から出たところで、祝依のスマホにメッセージアプリの着信があった。

『霧崎：血液検査の結果が出ました。もしまだ近くにいたら、法医学教室まで』

画面を覗《のぞ》き込み、相田は顔を引きつらせた。

「祝依……お前、なんでＩＤなんか交換してんだよ」

「いや、これは……」

昨日、配島の解剖の後で交換したのだ。配島の部屋を見せる約束をしていたので、あくまでその連絡用にである。

「お前っていい子ヅラしてるようで、手が早かったんだな。つか、ああいう女が趣味だったのかよ」

「そういうんじゃありませんってば！」

「言われてみれば、なんかエロそうだったな……俺の趣味じゃないが」

完全にからかわれている。これは何を言っても無理だと諦《あきら》めた。

「それより、血液検査の結果が出たそうです。聞きに行きませんか？」

「お前に任せる」

そう言い残すと、来客用駐車場の方へ歩いて行った。

仕方がないので、祝依は一人で法医学教室へ向かうことにした。病棟の横をかすめて、通路が隣の大学の校舎へと続いている。その道を歩き出したとき、ふと目の端に人影が映った。

病棟のすぐ近くで、空を見上げて佇《たたず》んでいる人がいる。背を向けているので顔は分からないが、どうやら病院の女性スタッフらしい。

休憩時間なのか、それともサボりだろうか。なぜか少しだけ興味を惹《ひ》かれたが、話しかける理由などない。それ以前に、今は用事がある。すぐに目を逸《そ》らして大学の校舎へと向かった。

校舎の中に入り、しばらく進むと法医学教室へ到着する。解剖室の並びにある研究室の扉をノックすると――

「おー、また会ったね！　刑事さん！」

ご機嫌な黒ゴスロリに、出迎えられた。

「……まだいたんですね、猫屋敷さん」

研究室には事務机が四つ並び、少し離れたところに霧崎の机がある。ここが普段、霧崎や助清、戸丸たちが解剖以外の仕事をしてる場所らしい。壁にはスチール製の棚があり、本や実験器具のようなものが並んでいる。雰囲気としては、こぢんまりしたオフィスと理科室を足して二で割ったような感じだ。

部屋の隅には応接セットがあり、戸丸と助清がソファに座っていた。テーブルの上には、コーヒーカップとケーキが並んでいる。どうやらティータイムだったらしい。霧崎だけは自分の机でモニターと向き合っていた。

「学食のカフェで買って来たんですか？」

「まっさかー！　さすがにこんなスイーツ売ってないって！　学食じゃ落ち着かないって霧崎ちゃんがゆーからさ、ここでいっかーって思ってたら」

「いいタイミングで、僕が買ってきました」

戸丸が胸を張った。

「グッジョブ！　戸丸！」

「こういうところだけは気が利くよね」

猫屋敷と助清からお褒めの言葉をもらい、戸丸は素直に嬉《うれ》しそうな顔をした。助清は「あ、そういえば」と言って、祝依の前までやって来た。

「刑事さんとは、ちゃんとした自己紹介まででしたよね～？」

助清が立ち上がると、ポケットから名刺入れを出した。

「助清琴音《ことね》です。ここで法医学医をしてます。まだ解剖数が少ないので執刀は出来ないんだけどね～」

助清は苗字《みょうじ》だったのか……。

祝依も名刺を出して、改めて自己紹介をした。何だか、ここの関係者で初めてまともに挨拶《あいさつ》をした気がする。見たところ、助清は霧崎よりも年上に思えた。しかし執刀は出来ないというのは、どういうことだろうか？

　そんな祝依の心を察したように、助清は付け加えた。

「元々、外科の方にいたんだけどね～。ちょっと思うところあって、法医学教室に研修に来てんの。だからあたしの方が年上だけど、ここの主《あるじ》は霧崎先生」

「なるほど……」

「あ、あたしもあたしも！」

　今度は猫屋敷が名刺を渡してきた。それも二枚。

「こっちは仕事用で、こっちはプライベート用ね」

　どちらにも猫屋敷ルリ子と書いてある。

「本名だったんですね」

「あはは、よく言われる。で、表の顔は葬儀屋ね。裏の顔は動画配信者」

「え？　動画？」

「うん。葬儀関係の裏事情とか、ちょっとヤバい系のやつ。それとファッション、メイク系の二本柱。まーこの取り合わせは普通ないよね。葬儀社で死化粧とかもやってるんで、あたし的にはつながってるんだけど」

　こんなところにも、配島と同じようなことをしている人間がいるとは。それにしても、色々な内容の動画があるものだ。

　更に詳しく語ろうとする猫屋敷をかわし、本来の目的を果たそうと、霧崎の側へ歩み寄る。デスクの上には、コーヒーと食べかけのケーキが置かれていた。

「血液検査の結果が出たみたいですが」

霧崎はモニターから目を離さず、キーボードを打つ手も止めずに返事をする。

「血液検査の結果は特に異常はありませんでした」

「そうですか……」

がっかりしかけたとき、霧崎の手が止まった。

「しかし、血液ガス分析の方で異常値が見つかりました」

「ガス……？」

そういえば解剖をしているとき、普通の血液検査の他に、何かを依頼していたことを思い出した。

「二酸化炭素分圧が、正常値よりもはるかに高い結果でした。二酸化炭素が体に異常に溜《た》まっていたということです」

「……二酸化炭素？」

「死因は、二酸化炭素中毒です」

祝依は困惑した。

「毒物とか催眠薬とかじゃなくて、二酸化炭素？　でも、それって普通なんじゃ……だって人間は二酸化炭素を吐き出しますよね」

「はい。ですが高濃度の二酸化炭素は猛毒です。大量に吸い込むと、中枢神経が麻痺《まひ》し、呼吸停止状態に陥り、最終的には死に至ります」

「……本当に？」

呆然《ぼうぜん》とした顔がおかしかったのか、助清がにやにやしながら補足した。

「前に事故だってありましたよ？　駐車場で消火用に使っていた二酸化炭素が放出されて、メンテに来てた作業員が何人も死んだって」

「そう……なんですか？」

自分が吐き出してる気体で死ぬなんて、実感が湧かない。しかし霧崎は助清の言葉に、静かにうなずいた。

「助清さんの言うとおりです。他にも、自動車の排ガス自殺も当てはまる場合があります。あれは一酸化炭素中毒による死を想定しての自殺ですが、最近の車は排ガスがクリーンで一酸化炭素がほとんどない場合が多く、実は二酸化炭素で死んでいるケースもあります」

「それは……意外です」

「症状としては、まず強い眠気に襲われます。空気中の7％程度の濃度で意識を失い、そのまま死亡します。20％でしたら数秒です」

背筋がぞっとした。

「一酸化炭素中毒は死斑《しはん》が鮮紅色になるなど、分かりやすい特徴があるのですが、二酸化炭素中毒は目立った症状が現れません」

「そ……しかし、どうやってそんな……濃度の高い二酸化炭素を？」

「普通に売っています。ボンベで」

何てこった……。

だが、これで死因が特定出来た。

今の霧崎の話からすると、配島の家に上がり込んだ犯人は、何らかの方法で配島に二酸化炭素を吸わせ、意識を失わせた。それから首吊《くびつ》りの偽装を行ったことになる。そしてその途中に死んだ。

とすると、配島は犯人を自宅に上げたということだ。しかもそれだけの隙を見せた。

つまり、犯人は配島の知り合いということになる。

……だが、あのマンションは自宅兼事務所だ。そこまで親しい相手でなくとも、部屋に入れることはあるのではないか。

そう考えると、犯人像について絞り込むのは、まだ早い気もする。しかし二酸化炭素の入手経路など確認することはある。

「ありがとうございます。署に戻って報告したいと思います」

頭を下げると、準備室を出る。一刻も早く署に戻ろうと、急ぎ足で廊下を歩いていると、

「待って下さい」

霧崎が小走りで追いかけてきた。今まで物静かな姿しか見たことがなかったので、髪

をなびかせて走る姿がとても新鮮に思えた。

「何でしょうか？」

「一つお願いがあります」

人形じみた美貌《びぼう》で見上げられる。やや上目遣いな瞳《ひとみ》に、不覚にも胸がどきりとした。

しっかりしろ――と祝依は心の中でつぶやく。そして、これは仕事だと繰り返し唱えた。

「お願いとは、何ですか？」

「過去二、三年の自殺者の死体検案書を見せて頂けないでしょうか」

死体検案書？

「それって……まさか」

「きっと、これが初犯ではありません。この死体には、色々な試行錯誤の跡が感じられます。恐らく、過去にもあるはずです」

「さっきおっしゃっていたことですよね……犯人は殺し方の練習、或《あ》るいは実験をしてるってことですか？」

霧崎は長い睫毛《まつげ》を伏せて、うなずいた。

「今回の事件、犯人はいくつかミスをしていると思います。そのおかげで、気付くことが出来ましたが、もし犯人がこのままスキルアップを続けたら……いずれ誰も殺人に気付けなくなるかも知れません」

殺人が――見逃されるようになる。

「分かりました。用意します」

霧崎は、ほんのわずかに目を細めた。

「……ありがとうございます」

それは注意して観察していないと、気付けないほどの変化。一見すると、普段通りのクールな表情。だが、祝依はその違いに気が付いた。

もしかして――笑った？

実際のところは分からない。しかし祝依には、初めて見た霧崎の微笑みに思えた。

†　†　†

霧崎は八王子市内のマンションで一人暮らしをしている。京王《けいおう》高尾線のめじろ台《だい》駅から歩いて十分と、利便性は悪くない。勤めている八王子医科大学までは二駅で、あとは送迎バスに乗ればいい。

しかしいつもは人目を避け、出来るだけ公共の交通機関を使わないようにしている。今日は配島の部屋を確認しに行くために、久々に電車を使った。

おかげでいつもよりも人の視線を感じた一日だった。

メイクのおかげで本当の顔を隠すことが出来る。しかし人の視線も集める。矛盾しているが、素顔で注目を集めるよりずっといい。

お風呂《ふろ》が沸いたという音声を待ちかねて、部屋着を脱ぐと脱衣所へ向かう。既にメイクは落としてある。脱衣所で下着も脱ぐと、洗濯ネットに入れてから洗濯物カゴへ。

そして、洗面台の鏡に映った自分の顔を見つめる。

これが、私の本当の姿。

かつて起きた事件。忘れようと思っても、これが忘れさせてくれない。

眉間《みけん》から斜めに走る傷痕《きずあと》。反対側の頬にも切り裂かれた痕が残っている。

ふと、出会ったばかりの若い刑事のことを思い出した。

私のことを綺麗《きれい》だと言った男。

この素顔を見ても、同じ事が言えるだろうか？

……バカバカしい。

そんなことは分かりきっている。無意味な疑問。無駄な思考だ。

なぜそんな無意味なことを考えてしまったのか。

それはきっと……あの刑事と自分には、似ているところがあるからだ。

隠された殺人を暴きたい。

見逃されてた殺人を許せない。

そんな想いが、似ているから。

それに、面白いことを言った。

霊が見える、だなんて。

もしそれが本当だったとしたら――
いや、やめよう。
今日はどうかしている。
いつもの醒《さ》めた、冷静な自分を取り戻せ。
一度目を閉じて、深呼吸。そして目を開く。別に奇跡は起きない。
いつも通りの醜い顔だ。
そして視線を下げると、首には一周するような縫合痕。
まるでフランケンシュタインか改造人間のようだ。
そんな冗談みたいな傷が全身にある。
腕にも、足にも、胴体にも。
そして、胸元には――
一際目立つ、器用に刻まれた傷がある。
円とTの字がくっついたような傷痕。
♀
それはまるで、メスの記号のようだ。
お前はメスだと思い知らせるためなのか。
それとも、何か別の意味があるのか。
或いは――私を、獲物を逃がさないための、マーキングなのか。

……もうやめよう。
また、精神を病んでしまう。
ようやく薬を飲まなくても、普通に過ごせるようになったのだから。
それより、せっかくのバスタイムを楽しもう。
一日で一番安らぐ時間なのにもったいない。
私は鏡から目を逸《そ》らし、バスルームの扉を開けた。

Someone's Perspective 1

配島を本の上に座らせ、首の縄をスチールラックに結わえ付ける。配島の顔を観察するが、上手《うま》く意識をなくしてくれているようだ。途中で目を覚まされると厄介だ。処方した量は適切だっただろうか。最適な量は分からない。結局のところ個体差がある。安全策を採って、少し多めにしてしまったがどうだろうか。

脈を診ると、既に止まっていた。

まずい。

急ごう。椅子代わりに積んだ本を、配島の尻《しり》の下から抜いて行く。これは処刑への十三階段。本を引き抜く毎に、配島を死に歩ませている。

「あっ」

思わず声を上げた。配島が小便を漏らしている。死んでまで汚い奴め。筋肉が弛緩《しかん》するので、起きても不思議ではない現象だ。予定では本を引き抜いて、首を吊《つ》るしてから起きるはずだった。

ゴム手袋をしているので、手が汚れる心配はない。しかし本が少し汚れてしまった。

これは回収するしかない。手早く作業を続け、本当はもっと楽しみながら死に追いやるはずだったのに、と少し残念な思いがした。

そんな思いを、すぐに打ち消す。これは処刑の儀式だ。既に心臓が止まってしまったなどは、どうでもいい。自分の行為そのものが崇高で重要なのだ。

本を全て取り除き、配島の首に縄が食い込んだ様子を確認する。その仕上がりに、満足した。これなら、自殺として処理される。

誰かが殺人だと見抜かない限り。

しかし、この地域にそんな人間はいない。

検死を担当するのは、事なかれ主義の警察。そして知識もやる気もない医者。

昔は警察や医者に幻想を抱いていたこともあった。しかし現実を知り幻滅した。

尤《もっと》も今は、彼らが無能なおかげで助かってもいる。

この復讐《ふくしゅう》は、ただ単に殺せばいいというものではない。

自殺として処理されることが重要なのだ。

この男がしてきたように。

世間の一般大衆と呼ばれる名もなき人々がしてきたように。

娯楽感覚で人を死に追いやり、罪に問われない。

自分たちが今まで散々してきたことだから――

「文句はないはず」

そう、配島に尋ねる。

しかし返事がない。

用意して来たビニール袋に、汚れた本と手袋を放り込む。新しい手袋をはめると、ラックの本を一旦《いったん》床に下ろす。シリーズの一部だけ本がないことに、疑問を持たれると厄介だ。とりあえず乱雑に積み直して、もう数冊持って行くことにする。自分の部屋の片付けなら面倒だが、復讐の一部と思うととても楽しい。

「そうだ」

忘れない内にと、エアコンのリモコンを手に取りタイマーをセットした。

この楽しみは、まだまだ続く。

復讐は始まったばかりなのだ。

次はどんな方法で自殺に見せかけようか。

わくわくが止まらなかった。

PART 2

配島の死体が発見されてから一週間後の、十一月二十二日。

再び八王子市内で、奇妙な死体が発見された。

「う……!?」

現場で遺体と対面した祝依は、危うく叫びそうになった。

第一印象——怪物がコタツに入って寝ている。

だが、それは怪物ではなく死体だった。

その死体には顔がなかった。

顔の皮が剝《は》がされ、赤くぬらぬらと光る肉が剝《む》き出しになっている。その形相はまさに怪物。ホラー映画に出てくる醜悪な化け物のようだった。

そんな化け物が、コタツに入って寝ているのである。恐ろしく、且《か》つ不条理であり、見ようによってはシュールで、何かの冗談のようだった。

鑑識が遺体をコタツから引き出し、ビニールシートの上に横たえる。腐敗が始まっているようで、悪臭がひどい。

「何だこれは……有り得ん」

　相田も顔を思いっきり歪《ゆが》める。どことなく顔色も悪い。

　祝依は現状で分かっている情報を読み上げた。

「部屋の借主は小栗昇太《おぐりしょうた》、三十一歳。暴力団係に照会したところ、地元の構成員のようです」

　現場は、八王子の繁華街からほど近い、横山町《よこやま》のマンション。十階にある東向きの一室である。広さは七十平米くらいで、築年数は二十年ちょっと。この条件なら三千万円台後半かなと祝依は見積もった。

「凶器はこれのようです」

　ビニール袋に入ったナイフを相田に見せる。赤黒い血で濡《ぬ》れているのが生々しい。刃渡り十五センチのサバイバルナイフだ。コタツの上に、柄を右にしてきちんと置いてあった。それがどこか犯行声明のようにも思えた。

　そしてトレーナーの袖《そで》には血が滲《にじ》んでいる。袖をまくると、そこには真新しい傷。そして古い傷痕《きずあと》もある。

　相田はハンカチで鼻と口元を押さえ、くぐもった声で訊《き》いた。

「拷問でもしたのか？」

「さあ……」

「敵対組織の見せしめか、何かトラブったのか……にしてもエグいことしやがる」

祝依は玄関の方を向いた。

「第一発見者たちは、敵対組織がやったと主張してるみたいですね」

先程からドアの外で、遺体を発見した小栗の仲間たちが騒いでいる。

「殺した相手なんか分かってんだよ！」

「早く小栗の死体を返せやコラァ！」

「奴らぶっ殺してやらぁ!!」

ここで警官相手にがなっても何の意味もないが、とりあえず怒りを発散させないといられないのだろう。

「ここらで戦争でも始められたらたまらんな……」

「まったくですね……まだ殺されたと決まったわけでもないのに」

相田は驚いたように目を見開いた。

「なに？　どうした、いつものこれは殺人です、ってのはどこへ行った」

「僕……そんなこといつも言ってますか？」

「それともあれか？　単にひねくれ者なだけなのか、お前」

「違いますって」

祝依もこの部屋に入った瞬間は、殺人だと思った。

しかし、部屋の中を見回してみると——

いない。

小栗の霊がどこにも、いない。つまり、

——これは、殺人じゃない。

死体を見ても、状況から考えても、殺人としか思えない。

でも、違うのだ。

警察も殺人と思い込んでいるし、小栗の仲間たちも同様だ。殺気立っていて、今にも殴り込みに行きそうな勢いである。相田ではないが、街中で一般人を巻き込んだ抗争でも勃発《ぼっぱつ》したら大事だ。

まずいな、これは……。

祝依は答えを探して、部屋の中を詳しく見て回る。

コタツの前には、七十五インチの大型テレビ。その下には高そうなアンプやプレイヤーなどが並び、両脇にはトールタイプのスピーカーが屹立《きつりつ》している。AV機器にはこだわりがあったのだろう。

部屋の隅には、なぜか鎧《よろい》。古い物ではなく、最近作られた物だ。デザインもモダンで、ゲームのキャラクターが着ていそうな感じがする。不覚にも、ちょっとカッコいいと思ってしまった。

テレビとは反対側の壁際には、L字形のソファ。意外と座面が低い。床を見ると、クッションがばらまくように置いてある。この部屋の主は、床に近い位置で生活するのが好きだったようだ。

何か、殺人が成立しなくなるような手掛かりはないものか。

もし……部屋が密室だったら、殺人はあり得ないということになる。

窓を見ると、大きく開け放たれている。しかしこれは、第一発見者たちが匂いを逃がすために開けたためで、発見当初は鍵《かぎ》がかかっていたそうだ。よって、バルコニーから侵入するのは不可能。

だが発見時、玄関の鍵は開いていたらしい。となれば——

「不審な人物が出入りしていたのなら、防犯カメラに映っていそうですね」

逆に、犯人が映っていなければ、殺人が成立しなくなる。

「確認しに行くか」

あまり長時間部屋に居たくないのか、相田は足早に玄関に向かう。一旦部屋を出ると、ガラの悪い男たちが待ち構えていた。

「おうコラァ！　いつまで待たせせんじゃボケェ!!」

「さっさとせんかい！　コラァ！」

相田は凄《すご》まれても顔色一つ変えず、何も聞こえないかのように人垣を突っ切る。祝依もその後に続き、エレベーターホールへ向かった。ちょうど待っていたエレベーターに乗ると、一階の管理人室を訪ねる。

管理人は小太りの老人だった。防犯カメラについて尋ねると、激しくうろたえて顔色を失った。

「す、すみません……実は、故障中で」

「なんだと？」

相田が凄んだせいか、管理人はさらにおどおどして脂汗をかいた。

「は、はい。実は以前から調子が悪くて、録画されてないことが多かったんですが……トラブルもないマンションだったんで、そこまで急がなくていいかと思っていて」

なんてこった——と、祝依は激しい失望感を味わった。相田も苦い顔で舌打ちをする。

「一番肝心な時に使えない防犯カメラか……」

「ああ……管理不足で上から叱られるなあ……あ！」

「何だ？」

管理人の顔がさらに蒼白《そうはく》になる。

「こ、これって、私も何かの罪に問われるんですか⁉」

相田は渋い顔をして「そんなことはない」と答えると、祝依に先に部屋に戻っているように言った。

「俺は近くの部屋の聞き込みをする。お前は先に戻ってろ」

相田は強気な割に、意外と繊細なところがある。あの凄惨《せいさん》な遺体を、長時間見続けることに抵抗があるのだろう。ガラの悪い連中にビクともしない姿とは、ギャップが凄い。

「分かりました。現場の捜査を進めておきます」

祝依は素直にうなずき、一人で部屋に戻った。扉を開けて中に入ると、改めて悪臭が鼻をつく。窓を開けているので、だいぶマシになったはずだが、それでも気にはなる。なにせ、臭いの発生源は未《いま》だにそこにいるので当然だ。鑑識もいないので、今はこの顔のない死体と二人っきり。

改めて、死体をよく観察してみることにした。

死体の側にしゃがみ、赤黒い肉と組織が剝《む》き出しになった顔面を観察する。

——この死体が、殺人じゃないだって？

見れば見るほど、殺人ではない、という自分の確信が揺らぐ。

大体、殺人でないとすると、この顔はどうしたんだ？　自分でやったのか？　猛烈な痛みに耐え、苦悶《くもん》の叫び声を上げながら顔の皮と肉をそぎ落としてゆく。そんな男を想像しようとしたが、あまりの狂気に背筋が寒くなった。どんな精神状態だったら、そんなことが可能なのだ。

仮に可能だとして、そぎ落とした肉片はどこへ消えたのだ？

さっきはあまりの衝撃に、冷静に見ることが出来なかった。祝依は、顔のない顔をじっくりと見つめた。

よく見ると、顔の皮を綺麗《きれい》に剝《は》いだというわけではないことが分かった。かなり雑に切り離したようだ。皮膚も端も引き攣《つ》れている。ナイフで乱雑に突き刺して、皮を引き剝がしたのだろうか。そして顔の肉も、綺麗に削《そ》いではいない。怒りにまかせて、引きちぎったかのようだ。

具体的に想像しすぎて、段々気分が悪くなってきた。祝依は立ち上がると、遺体から距離を取った。

もう一度、落ち着いて考えてみようと思ったとき、唐突に玄関の扉が開いた。相田が戻って来たのだろう。

「相田さん。聞き込みの方は――」

振り向いて、思わず目を見はった。

綺麗な長い黒髪をなびかせて、地雷系ゴスロリ女子が入って来た。

「……霧崎先生」

「それがご遺体ですか」

霧崎は横になっている赤鬼に驚く様子もない。祝依は、霧崎の登場になぜかほっとした。そして、なぜそんなに安心したのか不思議に思った。

恐らく心のどこかで、霧崎なら答えを出してくれると、信じているのだ。たった一度いっしょに仕事をしただけなのに、自分は霧崎のことを信頼している。

「霧崎先生、検案をお願い出来ますか？」

霧崎は無言で髪の毛をゴムでまとめ、マスク、手袋などの装備を固めた。そしてまずは死体ではなく、部屋の状況をぐるりと見回した。

「……なるほど」

「何か分かったんですか？」

その質問には答えず、霧崎は死体を見つめたまま言った。

「死体に訊《き》きましょう」

「……死体に？」

「ええ。外に集まっている人に訊くよりも、よほど有益です」

霧崎は視線をこちらに向けた。

「生きた人間は嘘を吐きます。しかし、死んだ人間は嘘を吐きません」

「…………」

祝依は、化け物としか思えない形相に目を落とす。

「死人は嘘を言わない……ですか」

「はい。死ねば仏というのは、言い得て妙ですね。死んだ人間は、いい人間です。嘘も言わなければ、文句も言いません。怒ることも、危害を加えることもない。そして無用なコミュニケーションも求めて来ません」

相変わらず独特の感性だと思った。どう返事をしていいのか分からず戸惑っていると、霧崎は突然話を変えて、指示を出した。

「遺体の服を脱がせて頂けますか？」

「……ちょっと待っていて下さい」

死後硬直は感じなかったので、一人でもそこまで苦労せずに、服を剝ぎ取ることが出来た。

新しい傷は左腕に二つ、それと胸に一つ。あと古い傷痕《きずあと》が手足と胸にいくつかある。

その傷を確認しながら、霧崎はぽつりとつぶやいた。

「この人にとっては、傷は勲章だったのかも知れませんね……」

確かに暴力を生活の糧にしている人間なら、そうかも知れない。

霧崎は顔のない顔を間近で見つめる。普通なら目を背けたくなるような顔を、霧崎は表情を微塵《みじん》も変えずに、穴が開くほど見つめている。

「……」

小さく息をつくと、霧崎は立ち上がった。マスクを取って髪をほどくと、祝依のすぐ目の前まで近付き、ずいっと顔を寄せる。

「それで、見えますか？」

大きな瞳《ひとみ》が迫るように見つめてくる。距離が近い。アンドロイドのような美貌《びぼう》のアップは、迫力が凄かった。祝依は思わず後ずさりしそうになる。

霧崎という人は、コミュ障のような態度を取るかと思ったら、妙に距離が近かったりガン見したりと、言動に統一感がない。人との距離感を摑《つか》むのが苦手――と言うより、人との距離感を測れないからコミュ障なのかも知れない。

「見えるって……何がですか？」

「幽霊です」

「…………」

「この部屋にいるのですか？」

まさか本当に信じているのだろうか？　理系の人間は、そんなオカルトを信じるような人種ではないと祝依は思っていた。それともからかっているのだろうか？　表情が変わらないので、冗談が分かりづらい。

祝依は正直に答えることにした。

「……いません」

「でしょうね」

「へ？」

「これは殺人ではありません。内因性急死——恐らく疾患による突然死でしょう」

「え!?　そんなバカな……」

幽霊が見えない以上、殺人ではないとは思っていた。しかし一方で、他殺としか思えないと感じている自分がいる。なので、つい自己矛盾するようなことを口走ってしまう。

「あ、すみません。つい……いや、でも……とてもそうは見えないんですが……どういう病気ならこうなるんですか？」

「言うまでもありませんが、顔の傷は病気ではありませんよ」

「…………」

何だか株を激しく下げた気がした。そのことが、自分でも驚くくらいに悔やまれた。

「顔の傷には生活反応がありません。これは死後に剝ぎ取られたものでしょう」

死んだ後で？　生きたまま剝ぐほど鬼畜ではないが、それはそれで相当な怨《うら》みがあったのではないだろうか。

　小栗の仲間が言うように、犯人はここに小栗を殺しにやって来た。しかし、偶然にも病死した標的を発見する。それはある意味、逃げられたのと同じだ。逆上した犯人が小栗の体を損壊することで憂さを晴らした……と考えるのが自然だ。

「そうなると、体にある傷も、やはり死後に付けられたのでしょうか？」

　腕や胸の傷は赤く腫《は》れて、血が流れた跡がある。

「いいえ、その傷は出血も多いですし、周囲が腫れています。いわゆる生活反応がありますので、死後に付けられた傷ではありません」

「……え？」

　すると前提が変わってくる。犯人は小栗が生きている間から、この部屋に居た。ということは、顔見知り。

　まさか。

　ドアの外で張り込んでる仲間たち。

　彼らは本当に怒っているのだろうか。

　仲間だからといって、殺さないとは限らないのではないか？

　理由は色々考えられる。

　何かヘマをやらかした、勝手なシノギをした、裏切った——そういったことに対する制裁ということもあるのではないか。

祝依は慎重に言葉を選んで尋ねる。

「それでは……やっぱり被害者がまだ生きている内に暴行された、って証拠になりますよね？」

「はい。他人に傷付けられたとは限りませんが」

……え？

他人じゃない？

再び、祝依の中の前提がひっくり返されそうだった。

「他人じゃないなら……何が？」

「自分自身」

頭の中で、その言葉の意味を組み立てる。

「えっと……それは……自傷行為ってことですか？」

「はい。左腕の傷も、胸の傷も、右手でナイフを持って切ると、ちょうどこのような形になります」

ナイフを持っているつもりになって、実際にやってみると、確かにその通りだった。

「傷も浅いですから、殺したり深手を負わせる意図はなかったはずです」

「でも、被害者が右利きかどうかは、分かりません」

「そうですね。けれど、部屋の中のものを見ると、右手で取りやすいように配置されています。可能性は高いのではないでしょうか？」

　そう言われて改めて見てみると、コタツの上に置かれたテレビのリモコンは右側、ナイフも柄が右側を向いている。

「でも、どうして自分で……」

「想像ですが、麻薬などの薬物で幻覚症状が起きていたか……そもそも自傷行為が好きだった可能性もあります。マゾの人ですね」

　そんなバカなと思ったが、すぐにその考えを打ち消す。先入観や思い込みは、事実を誤認する最大の要因だ。

「もっとも、死に直結するほどの外傷は見られません。ですので疾患が原因による突然死の可能性が高いと思われます。それ以上のことは、解剖してみないと分かりません」

　なるほど、と納得しかけたが、それではこの凄惨《せいさん》な遺体の説明にはならない。ふと別の可能性を思い付く。

「顔面に何らかの傷を負わされて、死亡したとしたら？　その証拠を隠すために、顔を剝《は》ぎ取ったとか……」

　霧崎は祝依を見つめながら少し首をかしげた。

「隠す必要性があるのですか？」

「……」

　よく考えたら、どちらにしろ異常な死体が出来上がってしまう。あまり意味がないと思いつつも、言い出した以上は粘ってみようと無理に理由をひねり出してみる。

「何か特殊な手段を使ったので……傷痕から犯人がバレてしまうとか……」

「……なるほど。ですが、顔の骨や筋肉に打撃による痕跡《こんせき》はありません。すると薬品で顔を焼いたなどの方法が考えられますね。けれど、それで死に至るには難しいような気もします。そもそも自分が特定されるような方法で殺そうと思うでしょうか？」

「……ですよね」

霧崎は、推測の間違いを攻撃するわけではなく、こちらを気遣うでもなく、淡々と事実のみを平坦《へいたん》に語る。それはとてもクールで、冷たい印象を受ける。研究室で冷静に実験のデータを取る科学者のようだ。

「それじゃ薬関係はなさそうですか……」

「そう思います。薬毒物を飲ませたことによる中毒死であれば、外表所見に特定の反応が出る場合があります。それを隠蔽《いんぺい》する目的だったとすると……逆効果だったかも知れませんね」

冷静に論評されると、こき下ろされるよりもこたえる。祝依はサンドバッグになっているような気分だった。余計なことを言わなければ良かったと後悔しつつ、白旗を揚げる。

しかし、普段はあまり口数が少ない霧崎が、事件のことにはとても饒舌《じょうぜつ》になる。無論、仕事と言うこともあるだろうが、それだけではない、情熱のようなものを祝依は感じていた。

「死因が病気による突然死だったとして……この顔はどうしてこんなことに？」

霧崎はじっと祝依を見つめ、事も無げに言った。

「食べたのですよ」

「た……っ!?」

想像の斜め上を突き抜ける答えに、言葉を失った。

食べ……た？

とすれば、殺人ではなかったとしても猟奇的な事件だ。マスコミも放っておかないだろう。これは世間も大騒ぎに――

「犬が」

……？

「え……い……いぬ？」

「はい。猫の可能性もありますが、この歯形からして恐らくは犬でしょう」

犬が人を襲うことはあっても、食べるだなんて聞いたことがない。何より、ペットとして飼う人も大勢いる。じゃあ、その人たちは自分を喰《く》うかも知れない動物といっしょに住んでいるってことなのか？

「いや、でも……犬が人を食べるなんて……」

「では猫だと？」

「いえ、そういう事ではなく……犬でも猫でも、どちらにしろ人を食べるだなんて……」

「人間だって空腹に耐えられなくなれば、人を食べますよ？」

　不幸な事故で極限状態に追い込まれた人たちが、死んだ仲間の肉を食べたという話は聞いたことがある。

「それは極限状態の、特殊な例ですし」

「きっとこの犬も極限状態だったのでしょう」

　部屋を見回すが、当然犬の姿はない。

「でも、犬なんてどこにもいませんでした。敵対組織が連れてきて、顔を食べさせて帰って行ったと？」

「多分、この部屋にいた飼い犬です」

　飼い犬に手を噛《か》まれるということわざはよく聞くが、飼い犬に顔を喰われるというのは冗談にしてもキツい。

「でも、犬がいたという報告はありませんでした」

「それは第一発見者の証言ですよね？」

　祝依は通報があってから、自分たちが駆け付けるまでの流れを想像した。

「それじゃ……被害者の仲間が隠蔽を？」

「第一発見者が見つけてから、通報するまでの間に逃がした。或《あ》いは第一発見者が連れ去った。なぜそんなことをしたのか、理由に関してはただの憶測ですが……きっと敵対する組織のせいにしたかったのでは？　それを口実に相手に喧嘩《けんか》をふっかけるために」

「そんなバカな……いや」

　有り得る話だ。自作自演で事件を起こし、それを相手のせいにして、攻撃を仕掛ける正当性を主張する。対立する組織の間で、よく使われる手段だ。

「たまたま急死した仲間の遺体を発見して、その状況があまりにも凄惨だったので、利用しようとした……って、ことですか？」

「病死した上に飼っている犬に喰われたというのは、聞こえが悪いですから……メンツの問題もあったかも知れませんね」

　祝依は改めて部屋の中を見回した。

「でも……犬を飼っていたなら、それらしい形跡があってもいいのに……」

　霧崎はソファに並ぶクッションを手に取る。

「隠蔽しようとした人たちは知らなかったようですが、これは犬用のベッドですよ」

　ひっくり返すと、縁が盛り上がった変わった形のクッションだった。

「どうやら小型犬のようですね。乗りやすいようにソファも低いものを選んでますし、床でくつろげるようにクッションも多いです。掃除をしたかも知れませんが、鑑識の方々が本気で調べれば、犬の毛が沢山見つかるのではないでしょうか」

「……」

「ただ、死因に関しては解剖しなければ分かりません。病死でも原因が特定されなければば、不自然死になります」

そして、ほのかに微笑む。

「今回は頼まなくても、解剖させて頂けそうですね」

——笑った？

今はもういつも通りの、感情を表さない表情。でも、確かに笑った気がした。いつも表情に乏しい霧崎なので意外性もあり、余計に胸がどきりとした。

そして——その微笑みに背筋がぞっとした。

どこか冷たさと、危険な魅力を孕《はら》んだ笑みに思えた。なぜそう感じたのかは分からない。けれどその微笑みを見た瞬間、恐怖にも近い感情を覚えたのは確かだ。心臓が跳ねたのは、魅力的だったからなのか、それとも見知らぬ恐怖に本能が怯《おび》えたからなのか。

突然、勢いよく玄関の扉が開いた。

「おい祝依！　例の凄《すご》い格好の法医学者が来るらしいぞ」

そう言って部屋に入って来た相田が、顔をしかめる。

「もういたか……」

相田は気を取り直したように、祝依に向かって大きな声を出す。

「捜査本部を立ち上げることになった。行くぞ！　いつまでもイチャついてんな」

「別に、イチャついてません！」

当の霧崎がいる前で言って欲しくないものだ。気を悪くしていないか心配になったが、霧崎はいつも通りの無表情に戻っていた。

「すみません。それじゃ、これで」

祝依は軽く頭を下げ、逃げるように部屋を出た。署へ戻る途中、相田と話していても、他のことを考えようとしても、あの時の霧崎の微笑みが頭から離れなかった。とても美しく魅力的な微笑みで、今さらながら胸がときめいた。

でも、なぜあのとき、自分は怖いと思ったのだろう？　いくら考えても、その答えは出なかった。

† † †

その後、事件性アリとの判断で司法解剖が行われた。執刀は八王子医科大学の霧崎真理。そして解剖の結果、小栗は心臓の疾患による突然死だったことが判明した。

鑑識が部屋から小型犬の毛を発見したため、第一発見者である小栗の仲間を追及したところ、隠蔽した事実を認めた。

話によれば——しばらく音沙汰《おとさた》がないので、昨日様子を見に行った。しかし部屋に鍵《かぎ》がかかっていて、いくら呼んでも出てこない。しかし電話をかけると、部屋の中で着信音が鳴るのが聞こえる。

居留守を使いやがってと、鍵屋を呼んで強引に鍵を開けさせたところ、小栗が部屋で死んでいた。しかも死後しばらく経っていたようで、異様な臭いがする。さらに異様なのは、小栗の死体だった。コタツに入ったまま死んでいる。しかも顔がむしり取られたような、凄《すさ》まじい形相だ。しかし、小栗が飼っていた小型犬が口の周りを血で汚しているのを見て、何があったのかを察した。

小栗が死んでエサをもらえなくなった犬が腹を空《す》かせ、小栗の顔を喰ってしまったのだ。他の部位ではなく顔だったのは、肌が露出していたのが顔だけだったからだ。小栗は手もコタツに突っ込んだ状態だった。

理由は分かったが、これはどうにも外聞が悪い。そこで、対立する組織に罪を着せようということになった。攻撃を加える口実にもなり、一石二鳥だった。

まず鍵屋を脅して口止めし、玄関の扉は最初から開いていたことにする。次に管理人を脅迫し、防犯カメラが故障していたと嘘の説明をさせた。それから犬とケージ、リードなどの用品を回収し、犬を飼っていたことが分からないように工作をする。ナイフは小栗の私物だ。自傷行為を好む性癖があり、死ぬ直前にも自分の体を傷付けていたようだ。そのナイフに念入りに血を付けてから、コタツの上に置いた。

そうして準備が整ったところで警察を呼び、一芝居打ったという訳だった。

よって捜査本部は一日で解散。八王子署の刑事課も通常の業務に戻った。相田は、刑事課の自分のデスクで大きく伸びをした。

「ったく……拍子抜けもいいところだ……」

上げた拳《こぶし》の行き場がなくなったと、相田は文句をつぶやいた。ふてくされたように、机の上に積んであるバイク雑誌を手に取る。

「いいじゃないですか。配島さんの事件だってありますから」

祝依はイヤホンを両耳に入れると、ＰＣの画面を見つめる。配島の動画配信のページを開き、動画のチェックを始めた。

一番古い動画は六年前。国立病院機構が発注した医療用医薬品について、大手薬品メーカーが入札で談合した件だ。しかし内容が堅い上に難しかったせいか、再生数も伸びていない。

それ以降、どんどんバラエティ番組寄りになってゆく。ニュースではあまり取り上げられない医療系の事件を、芸能人のゴシップのように仕立て上げる。こいつらは自分の立場を利用してあくどいことを堂々と行っている。それと戦う正義が自分なのだ、というスタンスで。

基本的にまったく事実無根の事件を扱うことはない。だが、一のことを十に膨らませて、些細《ささい》なミスを巨悪のように語り、犯人を憶測で特定して糾弾する。そして世間を煽《あお》ってゆく。完全に事実無根というわけではないので、病院側もなかなか訴えにくいのだろう。鵜呑《うの》みにした視聴者が、正義の味方気取りでネットで攻撃を始める。

盛り上がりにばらつきはあるが、基本的にはこのパターンだ。

更新頻度はそこまでではないが、六年分なので全部観るにも時間がかかりそうだ。動画内で本人が語っていたことによれば、以前はブロガー、さらにその前は週刊誌の記者だったらしい。そこまでさかのぼるとなると、かなり骨が折れる。

さらに、どれもこれも見ていて気分のいい動画ではない。祝依は早々にうんざりした。それでも仕事だからと自分に言い聞かせて視聴を続ける。

そうして十本ほど見続けたところで、一旦《いったん》休憩を挟んだ。すっかり冷めたコーヒーに手を伸ばす。率直な感想だが、これなら動機のある人間はかなりの数に上りそうだ。それに相手はほぼ医療関係者。

霧崎の語った犯人像によれば、犯人は法医学的な知識も持っている。医療関係者は、ほぼ全員当てはまりそうな気がした。

だが……もう一つの可能性、シリアルキラーだとすると……怨恨《えんこん》などの直接的な動機はないかも知れない。だとすると、それはそれで厄介だ。

祝依は机の引き出しを開けた。そこには以前霧崎に頼まれていた、死体検案書のコピーが入っている。

ここのところ何かと忙しく、まだ渡せずにいた。

しかし先延ばしにしていたのは、忙しかっただけが理由ではない。

もしこの中に、本当に自殺として処理されてしまった殺人があった場合、それは警察の不手際ということになる。

それは神長や相田、警察全体に対する裏切りにならないだろうか。それだけでなく、世間の警察に対する信頼を徒《いたずら》に失わせることにならないだろうか。

それは配島がやっているようなことと同じではないのか。そんな疑問を感じて、渡すのをためらっていた。

祝依は引き出しを閉じると、再び画面に向き合った。気分を変えて、動画ではなく過去の記事を開く。

「——っ」

一瞬、息を呑《の》んだ。

「これは……」

かなり古い記事だ。その文字を読もうとするが、目が滑る。同じ行を何度も目で追ってしまい、先へ進まない。

「どうかしたか？」

バイク雑誌から顔を上げて、相田が話しかけてきた。

「あ、いえ……何でも——」

「祝依君、相田君ちょっと」

ちょうど神長から声がかかった。相田と顔を見合わせてから、神長の所へ行く。

「配島の件なんだけどさ、大学の血液検査って出てたよね」

「はい。二酸化炭素中毒と判明しました。しかしそれ以外の証拠は何もなく……鑑識の方でも、特に犯人の遺留品らしきものは見つかりませんでした」

言い終わると、すぐに相田が捜査状況を付け加える。

「先週は配島の交友関係を洗ったんですが、なんも出ませんでした……そもそも、交友関係が少なすぎます。知り合いと言えば、第一発見者と、飲み屋の店員くらいで。今週は動画のネタにされた連中の方を当たる予定です」

「うん、了解。参考になるか分からないけど、こっちの血液検査も結果が出たよ」

「こっちって……うちでも検査に回してたんすか？」

「ちょっと気になってね。大学の方は予算がないとかで、限定的な検査みたいだったしさ。まあ、予算がないのはこっちも同じだけど……」

肩をすくめてから、神長が報告の書かれた紙を見つめる。

「二酸化炭素中毒が出たって聞いたから、ああ予算の無駄遣いしちゃったな、って後悔してたんだけどさ……他に変なものが出ちゃったんだよ」

「変なもの？」

「イミプラミン」

そう言われても、祝依も相田も何のことか分からない。

「分かりやすく言うと、抗うつ薬だね」

相田は眉間《みけん》にしわを寄せた。

「つまり……配島がうつ病だったかも知れないってことですか？」

「まあそうなるね。ってことは、自殺の線も捨てきれないかもね」

そんなバカな。

配島は他殺だ。それは自分がよく分かっている。

「神長さん、その薬ですが、致死量ってどのくらいなんでしょうか？」

「これってよく処方される薬らしいんだけど、一日の常用量が２００㎎なのに、致死量は１ｇなんだって。簡単に死ねちゃうよ、って思ったら案の定、うつ病で処方された薬を飲んで自殺を図る患者が結構いるそうだよ」

そう聞くと、何やら本末転倒のようにも思えてくる。相田も呆《あき》れたように頭をかいた。

「薬か毒か分からんな……」

「まあ、死ねない薬はない、ってよく言うしね。効くってことはそれだけ危険ってことなのかもね。で、配島が精神科にかかってた事実とかある？」

「いや、今のところないです。祝依はどうだ？」

「同じくです……今、過去の動画を見てるんですが、とてもうつ病だったとは思えません。しかし、主治医だった高垣院長は、ちょっと様子がおかしかったとは言ってましたが……」

「でも、他の連中からはそんな話は出なかったな。まあ、他の連中ってのが基本飲み屋の知り合いだから、その時はテンションが上がってたのかも知れないが」

「うーん、それじゃ一応頭の隅に置いて、引き続き捜査をお願い。どこかで入手経路と出くわすかも知れないし」

「了解です。でも、さすが課長ですね。うちで検査してなかったら、見逃してましたよ」

そして相田は、意地の悪そうな笑みを祝依に見せつける。

「お前は気に入ってるみたいだが……頼りにならないんじゃねーのか？　あの法医学者」

自分に言われても、と正直思ったが、何となく擁護する流れになってしまった。

「はあ……でも、解剖中に霧崎先生も予算が、とか言ってましたし……大学にも色々事情がある中でやっているのかと」

口論にならないレベルで擁護すると、神長もうなずいてくれた。

「そうだね。そもそも、解剖だって大学側は進んでやりたいわけじゃないからね」

霧崎本人は解剖する気満々なのだが、それは敢《あ》えて言わずにおいた。

「この件は霧崎先生に伝えておきますか？」

「うーん、でもこの件に関しては、霧崎先生の仕事は終わってるし……捜査状況の一環でもあるからなあ……ひとまず言わない方がいいかもね」

「分かりました」

気持ち的には釈然としない部分もあったが、素直にうなずいた。

「まあ、予算がないのはしょうがないとしても……せめて申請して断られた、だったら納得出来るんだけどなあ……」

まるで独り言のように、小さな声。しかし、祝依の耳には妙に大きく響いた。

「神長さん。やはり今回の事件は、医療関係者が関係しているんでしょうか？」

「祝依君はどうしてそう思うの？」

「手口が狡猾《こうかつ》です。法医学の知識があって、それを使って殺人を隠蔽《いんぺい》しようという意図が見えます。それに、法医学教室の事情も熟知しているんじゃないかって」

「その可能性はあるね」

神長は、納得するようにうなずいた。

「祝依君は大学と病院関係を主に調べてもらって、相田君は引き続き配島の交友関係から当たってもらおうかな。人手不足だし、別々に動いてもらうのも仕方ない。ああ、でも面倒臭そうな人を相手にするときは二人でね」

「はい」

返事をした祝依の肩を、相田がぽんと叩《たた》いた。

「じゃ、基本的に法医学教室の方はまかせたぞ」

霧崎とグロい死体を一挙に祝依に押し付けた相田は、機嫌が良さそうだった。

†　†　†

翌日の夕方、祝依は八王子医科大学へ霧崎を訪ねた。

研究室で一人残っていた霧崎に、持って来た紙袋を渡す。

「頼まれていた死体検案書です」

悩んだ結果、渡すことにした。血液検査の件で、どうも署内で霧崎に対する評価に物言いが付いたように感じていて、そのことが影響したのかも知れない。

それに、霧崎ならここから何か見つけてくれそうな予感もあった。とはいえ遺体ではなくただの書類。あまり高望みはしない方がいいだろう。

「……ありがとうございます」

渡された紙袋の中を覗《のぞ》き込むと、すぐにデスクに戻り、引き出しの中にしまった。その動きが、もらったおもちゃやエサを大事に隠す子犬を連想させ、祝依は口元がゆるみそうになった。

ふと、配島の血液から抗うつ薬が出たことを思い出した。

どうしよう？　伝えるべきだろうか？

神長からは黙っているように言われている。しかし……

「あの、霧崎先生。実は――」

「あっれー？　刑事さんまた来てたんだー」

と、研究室の扉を開けて、猫屋敷が飛びこんで来た。今日はよそ行きの黒スーツではなく、標準装備の黒ゴスロリだった。

「……猫屋敷さんも、よく来るんですね」

「まあねー。それに今日は飲み会をやるんで、霧崎ちゃんを逃がさないように捕まえにきたんよ」

「……その件はお断りしたはずです」

霧崎は無表情の中にも、どこか困った様子を滲《にじ》ませる。

「まーまー。戸丸くんと助清さんも、もっと霧崎ちゃんと仲良くしたいって。先に店に行ってるから、あたしらも早く行こ。ほら、刑事さんも！」

「え、僕もですか？」

いつの間にそういう話になっていたんだ？

「いいじゃない。仕事抜きで、単なる交友関係を深めるってことで」

猫屋敷の押しの強さに、祝依は圧倒された。元々、少し優柔不断というか、強く頼まれると嫌と言えない性格だった。

これから世話になる霧崎と仲良くしておくのは、仕事の面でもプラスになる。それに、法医学的な知識や、今まで聞かされた霧崎の推理など、参考になるところは多い。霧崎の話を聞くことは有益だと思った。

「分かりました。じゃあ僕の車で送りますよ」

やったーと猫屋敷は喜び、「霧崎ちゃんも自分の足は置いてこうよ」と声をかける。

霧崎も車に乗っているのか、と少し意外に感じた。けれど、人を避けたがる性格を考えると、逆に納得だと思い直した。一体どんな車種に乗っているのだろう？　飲んでいる間に、尋ねるタイミングもあるかも知れない、と考えていると――

「では私の代わりに祝依さんで。人数的にはプラスマイナスゼロ。問題ありませんね」

「え？」

身代わりにされていた。

†　†　†

猫屋敷を乗せて病院を出ると、三十分足らずで八王子駅に到着した。駅前のロータリーで猫屋敷を降ろして帰るつもりだったが、案内に従っていたら、いつの間にか地下の駐車場に入っていた。

こうなったら付き合うしかないか。と、覚悟を決めてついてゆく。街中は、既にクリスマスムード一色だった。まだ十一月だというのに、気の早いことだ。猫屋敷に案内されたのは、名探偵の名を冠した英国風パブ。

「あっ！　待ってましたよ～！」

既に顔を赤くした戸丸が手を振った。

「お～意外と早かったじゃん」

助清の顔色はいつも通りだが、大きなグラスのビールはもう残りわずか。

「じゃーあたしはバスカヴィル家の犬で」

どうやらオリジナルカクテルの名前のようだ。ふと犬に顔を喰《く》われた男のことを思い出した。現場もここから近い。

「刑事さんはやっぱビール？　刑事とか、体育会系で死ぬほど飲みそうなイメージあるし、凄《すご》そうだよね～」

猫屋敷はニマニマした笑顔で煽《あお》ってくる。

「いやいや、今日は車で帰らなきゃならないんで」

何度か押し問答の挙げ句、ノンアルコールのビールを頼むことに成功した。

「あれ～霧崎先生は～？」

「ごめん！　頑張ったけど、無理だった！」

猫屋敷が申し訳なさそうに謝った。

「霧崎先生は、いつも飲み会には参加しないんですか？」

「そ～なのよ。あたしら同じ法医学教室のメンツにも、よそよそしくてね」

「僕らはもっと気軽に接して欲しいな、とは思ってるんですが……」

「で、お近づきになれる機会を、って猫屋敷さんに頼んだんだけど」

猫屋敷は困ったような笑顔で肩をすくめた。

「まあ……別にみんなを嫌ってるわけじゃないと思うよ？　ただ、仕事以外の会話が不自由で、こういう場は特に苦手ってだけで」

「あはは、ごめんごめん。じゃ気を取り直して乾杯しますか！」

そして乾杯の後、戸丸と助清が頼んでいた料理がやって来る。フィッシュ&チップスをつまみながら、猫屋敷が疲れたように言った。

「そーいや、この前の顔の皮をざっくりいかれちゃったご遺体を扱ったんだけど、もー死化粧もエンバーミングもしようがなくてさ、困ったよ〜」

猫屋敷が疲れたように言うと、戸丸が目を輝かせる。

「あれってうちで解剖したんですよ！　しかも他殺じゃなくて、病死だったんですよ」

生ハムをもりもり食べながら、助清も補足する。

「しかも顔、あれ犬が喰ったの」

「マジで⁉」

それにしても、この人たちは今日も死体を見たり、解剖したりしてきたはずだ。それなのに、普通に生ハムや肉料理を食べられるのは凄いと感心した。

「いや、ホントに霧崎ちゃん凄いよね〜」

「八王子医科大学法医学教室の名探偵って感じですよね。尊敬しちゃうなあ……法医学教室を消滅の危機から救って、世のため人のために戦い続けてるんですから」

「戸丸君だって偉いじゃないか。本当は看護師だったのに、わざわざ法医学教室を志望したんだよね？」

「はい。看護師として他の病院で勤めてたんですけど、八医大の法医学教室で補助の求人があるって知って、三年前に採用されました。いえ、僕のことは別にどうでもいいんですけど」

戸丸は恥ずかしそうに手を振った。

「それよりも、霧崎先生は優秀ですし、重要な仕事をされているのに、全然評価されないのが僕は悔しくて……病院の人たちも、なんか僕らに冷たくないですか？　いや、僕はいいんですけど。霧崎先生はもっと評価されるべきだと僕は思ってるんです」

そういえば、この前高垣院長に話を聞いたときも、霧崎に対してなぜか当たりのキツい印象があった。何か因縁でもあるのかと、気にはなる。

「皆さんから見て、高垣院長ってどんな方なんですか？」

すると、会話が途切れる。苦笑いで助清がグラスを揺らす。

「いや～病院じゃ絶大な権力を持ってるしね。当然、大学の方にも強い影響力があるし。さすがの助清さんも、ちょっと言いづらいってゆーか」

だが猫屋敷はチェシャ猫のような笑みを浮かべた。

「えー？　あたしは嫌いだけどなー。出入りの業者や葬儀屋にもうっさいのよ。存在を見せるなとか、病院とか大学の人間と親しくするなとか」

猫屋敷が口火を切ったおかげか、助清の口もゆるんだ。

「確かに業者とかには厳しいよな～。特に葬儀屋は。ほら、昔うちの病院で癒着の噂があったじゃん。それをすごく気にしてるんじゃね？」

「それって十何年も前の話でしょ？　第一、あたしら下々の者がどんだけ親しくしよーが、権限がないから何もできないっつーの」

「なんか探られると痛い腹でもあんじゃないの？　いい人ぶって外ヅラはいいんだけど、

中では独裁者だし。自分の意見に反対するヤツは認めん！　みたいな

「大学にも影響力持ってますしね……事務方も教授陣も頭が上がらないとか」

「いや～、院長になったときはまだ三十代でさ、若くてスマートでカッコいいって人気だったんだって。ちょっとしたアイドル扱いだったらしいよ。面白がって、多少の無茶も笑って許してたら、いつの間にか怪物に育ってた～って」

内部をよく知る人間から聞く高垣の人物像は、祝依の印象とは全然違っている。やはり、少し話を聞いた程度では、見えてこない部分も多い。

だが出来ればもう少し、配島と関連する話が聞きたい。少し話題を変えてみようかと、祝依は話を別の方向に振ってみる。

「内科の内藤さんからも話を伺ったんですよ。例の配島の一件で……」

「あー内藤さんかぁ～」

助清の言い方には、少し小馬鹿にしたような響きがある。

「あの人は高垣院長のポチだからね。特に役に立つようなこと聞けなかったっしょ？」

「ポチ？　って、どういう……」

どうにも犬に縁があるなと内心思いつつ尋ねる。

「忠実な犬ってことですよ。高垣院長が白と言えば、黒でも白みたいな」

戸丸が答える。どうやら二人とも、内藤に対する認識は共通らしい。

猫屋敷が追加のビールを頼みながら首をかしげた。

「あれ？　あの人、前は麻酔科じゃなかったっけ？」

「えっと……例の件で転科したって聞きましたけど」

例の件？

「何があったんですか？」

戸丸と助清は困ったように口ごもった。代わりに、「あー」と納得したような声を上げた猫屋敷が答える。

「あっ、そうか。あれでしょ？　医療過誤で子供が死んだって話。配島チャンネルで見た覚えがある」

「え？」

猫屋敷が、さらっと気になることを言った。

「猫屋敷さん、配島のチャンネルを知っていたんですか？」

「うん。この前、死体になった配島さんのやつね。コラボしたいって連絡もらったこともあったよ」

「知り合いだったんですか!?」

「いやー知り合いってほどじゃないかなー。コラボの話も断ったし。ほら、あたしも配信やってるって言ったでしょ？　あたしは病院や警察とか……配島が前に獲物にした八医大病院にも出入りしてるからね。ネタを提供してくれって下心がみえみえ。冗談じゃないっての。こっちの仕事に影響が出るし」

配島は積極的にスキャンダルを探してたってことか。

「その医療過誤って、内藤さんのミスだったんですか？　それで転科に……」

「確か、最終的には看護師のミスで落ち着いたんじゃなかったかなー？　でも、高垣院長も病院全体の責任だと言って謝罪してた。で、民事は賠償金だか見舞い金だかを支払って、訴訟にならずに済んだはず……うろ覚えだけど」

猫屋敷は、合ってるよね？　というまなざしを助清に向ける。

「大体あってる。手術後の麻酔の使い方がまずくてね〜。で、責任取って麻酔科の主任だった内藤さんが一度解雇になったの。院長の代わりに詰め腹を切らされた、って話題になったよ。でもさ、結局その後復職して内科部長に昇進してるじゃん」

戸丸が眉《まゆ》をひそめる。

「ヤクザが刑務所行って、出てくると出世する、みたいな話ですね」

「高垣院長に忠誠を誓って、犠牲になった見返りだってもっぱらの噂なわけ」

なるほど。それでポチか。

「霧崎先生が法医学教室に異動になったのも、そのすぐ後なんですよね？」

戸丸が尋ねると、助清がうなずいた。

「そうそう。当時はまだ霧崎先生も研修医だったけど、高垣院長のチームにいたしね。だから一時は、内藤部長と同じようにスケープゴートだって言われたよ。ただ、病院に戻る気配もないし、本人も法医学を好きでやってるっぽいから、違うのかも」

その後、酒が進んだせいか、あまりまともな会話が続かなくなった。祝依もこれ以上は無理と諦《あきら》めた。

時間も十時近くなり、店を出ることになった。猫屋敷と助清に二次会に誘われたが、明日も早いからと辞退した。戸丸も酔い覚ましに歩いて帰るそうなので、祝依は一人で地下駐車場に戻った。

車を駐車場から出し、甲州《こうしゅう》街道を自宅に向かって走らせる。ハンドルを握りながら、さきほどの会話を思い返した。霧崎はかつて医療過誤を起こしたチームにいた。高垣と内藤とも、何らかの関連がある。

祝依はウィンカーを出すと、車の向きを変えた。

† 　　† 　　†

祝依は再び八王子医科大学へやって来た。

時刻はもう十時半を回っている。さすがにもう帰っただろうと思いつつも、なぜか足を向けてしまった。

用があるのなら、日を改めれば良い。そもそも至急の用事などあっただろうか？　自分で自分が何をしているのかよく分からない。正直な話、霧崎と会えるとも思っていない。来ておいて妙な話だが、むしろいない方がいいとすら思っている。

矛盾してる。なぜ来たのか？

それは自分も知りたい。

法医学教室の研究室に霧崎の姿を見つけたとき、そう思った。

「……何か忘れ物ですか」

白い部屋を、冷たいLEDの光が照らし出している。その白の奥に座る、黒い姿。PCの画面から少し顔を上げ、霧崎は驚いた様子もなく尋ねた。

「いえ……」

霧崎はいつも通りの、冷たい表情。光り輝くような、美しく澄んだ瞳《ひとみ》がこちらを見つめている。こんな夜遅く、突然刑事がやって来たのに、戸惑った様子は微塵《みじん》もない。

いつも通りの無表情――のはずだが、どこかが違う。

普段来ない時間帯のせいだろうか、昼間とはこの部屋の空気が違う。霧崎の雰囲気もまた、いつにも増して妖《あや》しげだった。霧深い山奥に迷い込んだ旅人が、魔女の屋敷に迷い込む――そんなおとぎ話を思い出す。

完璧《かんぺき》にメイクされた姿は、まるでアンドロイド。そして地雷系ゴシックロリータの服は退廃的で、破滅的な香りを漂わせる。その危うい香りになぜか心惹《こころひ》かれる。

「その……考え事をしていたら、ついここに足が向いてしまいました。すみません」

「…………」

よく考えたら、女性一人しかいないところへ、理由にならない理由で夜遅くに押しかけて来たのである。警戒心を抱かれるのは当然だし、非常識にも程がある。急に恥ずかしくなり、頭を下げた。

「申し訳ない。すぐに退散致します。また後日、お伺い致します」

踵《きびす》を返した背中に、声をかけられた。

「飲み会はいかがでしたか」

「……え？」

予想外の質問に、驚きの目で霧崎を見つめた。

「あ、はい……みんな楽しそうでした。霧崎先生が来られなかったのを、残念そうにしていましたが」

「そうですか」

再び無言の時間が流れた。

現場で遺体や推理について話すときは饒舌《じょうぜつ》だが、普段はやはり言葉が少ない。しかし、言葉を交わしたおかげで、部屋に入ったときの違和感や緊張感が、少しほぐれた気がする。思い切って、話を続けることにした。

「その……法医学教室のみなさんも、猫屋敷さんもいい人ですね……霧崎先生は、猫屋敷さんとは特に仲が良さそうですし――」

「私、葬儀屋が嫌いなんです」

「……」

出鼻を挫《くじ》かれたような気持ちになった。

「でも、猫屋敷さんは別です」

少しほっとした。

「そ、そうですか……」

「最初は苦手でしたけど」

「服の趣味も合いそうですよね」

「合うというよりも、猫屋敷さんから教わりました。服も、メイクも」

そういうことか、と納得いった。

「最初にメイクを教えてくれたのは、別の人ですが……でも、猫屋敷さんのおかげでレベルアップしました。あの人はどんな遺体も、生前より美しくしてしまう魔法使いですから」

「確かに見た目は魔女っぽいですね」

「…………」

霧崎は顔を伏せるように、手元の書類に目を落とした。一瞬、口角が上がったように見えたのは気のせいだろうか。

「霧崎先生、猫屋敷さんに好かれてますよね」

霧崎は書類から目を離さずに答える。

「祝依さんは、女の人から好かれそうですね」

えっ⁉

まさかの切り返しだった。

「そんなことないですよ。女の人と付き合ったのなんて……学生の頃ちょっとだけで」

「助清さんはジャニ顔だと言ってました。それはいわゆるイケメンという意味なのでは？」

そんな噂をされていたのか、と少し気恥ずかしい気持ちになった。

「ジャニ顔がどんなものか分かりませんが……母親似だからですかね？」

「なるほど、美しい母親だったのですね」

「自分の親をそう言うのは気が引けますが……でも、母はもう随分前に死んでしまいましたし、本当に母親似なのか自分じゃよく分からないですね。祖父にそう言われたので、そうかなと思って言っただけです」

「……」

霧崎が書類を置いた。

「失礼しました」

「え？」

突然のお詫《わ》びに、逆にうろたえてしまった。

「いえ、あの……どうして？」

「相手の触れて欲しくない過去やプライベートに言及させてしまった場合、お詫びを述べるものではないのですか？」

「いえ……今のは、どちらかというと僕が勝手に口を滑らせただけというか。とにかく大昔のことですし、ただの事実ですから」

「そういうものですか」

やっぱりコミュニケーションは得意ではなさそうだ。

「小説やドラマでは、よくあるシチュエーションでしたが」

「………」

霧崎は人との付き合い方を、創作物を参考にしているのだろうか。受験勉強をするように、本を読んで勉強している姿を想像したら、少し面白くなってしまった。

気がゆるんだせいだろうか、ふとあることが頭に浮かんだ。

霧崎は、霊が見えるという話を頭から否定しなかった。そのせいもあるのだろう。何となく、今まで誰にも話したことのない話をしたくなった。

「実は、幽霊が見えるようになったのは、母の死が原因なんです」

霧崎の目が、少し見開かれたように感じた。

「いや、僕が勝手にそうなんじゃないかって、思ってるだけなんですけど」

そう断りを入れてから、祝依は語り始めた。

祝依の母は女優だった。スターというほどではないが、それなりにテレビにも出演する中堅クラスの役者として活躍していた。注目を浴びたのは、同じドラマで共演した俳優と結婚したとき。そして、若手実業家との不倫が発覚したときである。

その後すぐに離婚が成立し、父は家を出ていった。そのとき祝依は十歳だった。

家の前には報道陣が番をしていて、迂闊《うかつ》に外へ出ることも出来ない。そしてテレビでは両親に関する報道で持ちきりだった。

でも、その頃はまだマシだった。

父親が病死するまでは。

以前から体調は良くなかったらしいが、病気が判明したのは離婚後だった。治療の間もなく、敗血症であっけなく死んでしまった。

やがて母の不倫と離婚による心労が原因だと、芸能ニュースやワイドショー番組で連日叩《たた》かれるようになる。医学的には何の根拠もない。本人たちのことや事情を何も知らない大衆が、まるで全ての事実を知っているかのように語り、自分こそが正義だと言わんばかりに善悪の判断を下す。

テレビやインターネット上だけでなく、家にまで押しかけてきた。壁や門に怨《うら》みの言葉を書いた張り紙をする、落書きをする。宅配便でゴミを送ってくる。門の前で罵詈《ばり》雑《ぞう》言《ごん》を叫びまくる。

あまりの風当たりの強さに、母親は不倫相手ともうまくいかず、精神を病んでいった。

そしてある日、芸能事務所のビルから飛び降りた。

即死だった。

そして祝依は、父方の祖父の家に預けられることになった。父親の実家は北陸地方の寺で、祖父は住職だった。

しばらくは学校にも行かず、一人で過ごす日々が続いた。

最初は寺に籠《こ》もっていたが、だんだん外へ出るようになった。だが、なるべく人と会わないように、人気《ひとけ》のない山道を散歩していた。人がいない空間はとても落ち着いた。

しかし、山道を歩いているとき、おばさんが道から外れた木立の中に立っているのが見えた。たった一人で、立ち尽くしているのが不思議だった。寺に戻ると、あの人は何をしているのかと祖父に尋ねた。

すると祖父は奇妙な顔をして、本当におばさんが見えるのかと訊《き》いてきた。そこで背格好を説明すると、祖父は険しい表情を浮かべ駐在所へ行った。

その夜、中年女性の遺体が地面の下から掘り出された。その女性は数日前から行方不明で、夫から捜索願が出ていた。

その翌日、夫が逮捕された。夫婦ゲンカが高じての殺人だった。

驚く祝依に、祖父は語った。

「何代か前の住職だったご先祖にも、お前と同じように見える人がいた」

その人も、死んだ人が見えるということだった。だから、これは変なことじゃない。有り難い力だ。しかし、他人に知られると余計な誤解を招く。だから本当に信頼出来る人以外には言うな、と念を押された。

その言いつけを守って、祝依は生きてきた。

祖父の言うことはいつも正しかった。しかし、一つだけ間違えていることがあった。見えるのは死者の霊ではなく、殺された人の霊だった。それに気付くのは、かなり経ってからだったが。

その後、東京の大学に進学することになり、子供の頃過ごした家や、母が自殺した場所へ行ってみた。もう一度会いたかったのかも知れない。しかし、死んで尚《なお》一人で佇《たたず》んでいる姿など見たくないという気持ちもあった。

そんな、複雑な気持ちで訪れた結果――そこに、母の姿はなかった。

母は殺されたのではない。自殺だったからだ。

「結局、理由はどうあれ自殺は自殺。他人に追い込まれたのは事実でも、実際に死因を作ったのは自分。他殺ではないのだと思い知らされました」

「………」

「ただ、本当に他殺の場合でもそれを隠して、逃げおおせようとする人間もいる。子供の頃、最初に解決した事件が成功体験として強く影響したんだと思います。殺人を見逃すようなことはしたくない。善良な人が救われ、悪人は報いを受ける。そういう世の中にしたくて警察官になったんです」

霧崎は合いの手も入れず、黙って祝依の話を聞いていた。そのおかげで、祝依は話しやすかった。今まで溜《た》まっていたものを、全て吐き出したような、清々《すがすが》しい思いすらした。

「すみません。自分語りとか恥ずかしいですよね……でも、霧崎先生はそんな僕の思いを助けてくれているので、すごく感謝しているんです」

「いえ……とても興味深いお話でした」

あまり興味があるように見えないので、本当かな？　と少し疑いたくなった。

「私が失言したのを気に病んでいると心配して、気にしていないということを行動で表現するために、わざわざ詳細なお話をして下さったのでしょう？」

そう分析されるように言われると、少し恥ずかしい。

「はは……そんなに大げさなことでもないです。結局僕が話したくて、話したわけですから。でも、確かに変ですね。霧崎先生にこんなことを話してしまうなんて」

霧崎は何か考え事をするように、中空を二、三秒見つめた。

「秘密を打ち明けて頂けたのは、私なら話す相手もいないだろう、と思われのことと思いますが――」

「いえいえ！　そんなことは全然思ってないですよ！　第一、猫屋敷さんもいるじゃないですか！」

自虐的な言い方に、こちらの方が慌ててしまった。しかし霧崎は、単に事実を述べたような顔をしている。

「それは、猫屋敷さんには話してもいい、ということでしょうか」

「……内密にお願いします」

「了解致しました」

　そう、事務的に返事をした。やはり、どこか変わった人だ。しかしどこかズレたようなやり取りのおかげで、だいぶ空気がなごんだ気がする。

「秘密の保持を口約束で済ませるということは、私という人間を信用して頂いている、ということかと思います。等価交換、ということでしたら私も何か打ち明けなければならないのですが、残念ながら私は同等の信用を置いていません」

「あはは……別に構いません。代償を期待したわけでも何でもないですから」

　とはいえ、ストレートに言われると少々こたえた。

「念のため補足しますと、祝依さんが信用出来ないという意味ではなく、警察を信用していないということです」

「え……？」

　警察を信用していない？

　しかし霧崎は警察に協力して、検案や解剖を行っている。それなのに信用していないというのは、どういうことだろうか？

「昔、事件に巻き込まれました。そのときの警察の捜査が杜撰《ずさん》で、犯人の手掛かりがほとんど失われてしまったんです」

「そうだったんですか……それは何というか、申し訳ないというか……」

どんな事件だったのだろう？

尋ねようとした寸前、霧崎の首にあった傷痕《きずあと》を思い出した。迂闊に触れていい話ではなさそうだと思い、訊くのを止めた。

「結局、その事件は未解決のままです。いいえ、事件にすらなっていません。けれど、私にはそのときの傷が深く刻み込まれています。一時は心を病んでしまい、自殺も考えました」

淡々とした語り口。しかしその瞳《ひとみ》の中に、得体の知れない何かを感じた。

「けれど、どうせ死ぬのであれば、その前に復讐《ふくしゅう》をしようと思いました」

「……復讐？」

「罪を犯し、それを隠し、逃げようとする者たちへの」

ぞくり、と背筋が冷えた。

復讐を語る霧崎の顔には表情がない。しかし、なぜか恐ろしく感じる。

もしかしたら、この感情のない顔は意識して作り上げた仮面なのではないだろうか。その下に隠れた、本当の顔を——感情を隠すための。

先程のやりとりで、霧崎に対して親しみが湧いたような気がしていた。美人だけど人付き合いが不器用で、少しズレたところのある可愛らしい人、という認識が少し芽生えた。きっと霧崎も、自分に対して少し心を許してくれたのではないか。そう感じた。

しかし、そう思って油断していると、気付かない内に解剖台に載せられ、解剖される。

そんな根拠のない妄想が心に浮かんだ。

「……すみません。何だか結局、秘密を聞かせて頂いたみたいで」

「ほとんどが公開情報です。特に、警察なら調べればすぐに分かる内容です」

「いいえ、言いづらいことを言わせてしまったことには変わりませんから。申し訳ありません」

「やっぱり」

「え？」

何がやっぱりなのだろうか。そう尋ねようとしたとき——

「こういうとき、祝依さんも謝るじゃありませんか」

綺麗《きれい》な瞳が、どこか自慢気に見えた。

†　　†　　†

翌日から祝依と相田は、配島の動画のネタにされた病院を当たった。しかし、これといった手応《てごた》えはなかった。

話を聞いた相手が口を揃えて言うには、確かに当時は腹立たしかったが、殺すようなことじゃない。そもそも、もう解決した話だ。それに、他にも多くのマスコミで批判的な報道をされた。なぜそんな動画配信者一人を、リスクを負ってまで手にかけなければならないのか。割に合わないにも程がある——といった内容だった。

念のためアリバイも確認した。証明出来ない人もいるが、じゃあ怪しいかと問われると、首をひねらざるを得ない。大抵が遠隔地にいるか、動機としては弱いものばかりだからだ。

「手応えがないな……やはり怨恨《えんこん》の線は薄いか」

都内の病院で話を聞いた後、署へ戻る車の中で相田はつぶやいた。ハンドルを握るのは相田だ。祝依が運転しましょうか、と申し出てもほぼ断られる。車に乗るときは、自分がハンドルを握らないと気が済まない性分のようだ。

有り難いことに首都高速は空《す》いていた。ビル群がどんどん後ろへ流れてゆく。その景色を見つめながら、祝依は相田のつぶやきに返事をした。

「じゃあシリアルキラーってことですか？　通り魔的な」

「通り魔が、こんな面倒くさい手順を踏むか？」

確かに、手の込んだ犯行だ。通り魔殺人という言葉はしっくりこない。

「それに普通、通りすがりの奴を家に入れないだろう。いや……出張の風俗とかなら、有り得るな」

「今度はそっち方面から調べるんですか？」

「しかし、配島が出張を頼んでいた形跡がないしな……」

配島の部屋からは、風俗店の会員カードは何枚か見つかった。しかしどれも店舗を構える、昔ながらの風俗店だった。

「やっぱり自殺なんじゃないのか？　この案件は」

「でも……そうなると、胃の中から出て来たメモが謎ですね」

「実は大した理由じゃないのかも知れないぞ。単なるイタズラとかな。最後に迷惑かけてやるとか。それか、好きな女に相手にされなくて、その怨《うら》みを込めた呪いとか」

「相田さん、オカルト好きだったんですか？」

「冗談だよ」

　と、あまり冗談を言いそうにない顔で答える。

「でもメスの記号を使っている以上、女に対する怨みがあったのかも知れない。自殺ならな。他殺となると分からん」

　他殺だった場合は、素直に受け止めるなら犯行声明。♀と名乗ったとみるべきだろう。しかし捜査を攪乱《かくらん》するために、無意味な情報を与えている可能性だってある。

「あのメッセージを出発点に捜査出来ることは、あまりないからな」

「そうですよね……紙は大量に出回っているコピー用紙。インクはプリンタのもので、これも大量生産されていて、購入者も調べようがないくらいですし」

　そう考えると、あのメッセージに振り回されない方が良いのではと思えてくる。

「それで相田さんは、結局のところ自殺だと思っているんですか？」

　相田はしばらく考えてから「いや」と返事をした。

「二酸化炭素中毒じゃ自殺の線は厳しい。しかも抗うつ薬の二段構えだ。首吊《くびつ》り含めて、三回も殺してるとは、随分念の入った話だ」

確かにそうだ。それだけ怨念《おんねん》が深かった、ということだろうか？

刃物で相手を殺す事件では、相手をめった刺しにするケースが度々ある。それは怨みが深かったから、犯人が残虐だったから、と解説されることが多い。しかし実際は逆で、犯人が相手を恐れるあまり何度も刺すことの方が多い。

抵抗されたり、反撃されるのを怖がるのだ。そもそも、相手の方が自分よりも体格が大きかったり、腕力が強かったりすれば尚更《なおさら》だ。だから完全に相手が死ぬまで刺し続ける。場合によっては、死んでも刺し続ける。

「蘇《よみがえ》るとでも思ってたんですかね？　ゾンビみたいに」

「オカルトが好きなのは、お前なんじゃないのか？」

「特別好きなわけじゃないですけど。テレビのバラエティでやるようなホラー特集とかなら観ますよ」

「霊が見えるんです、とか言い出すなよ？」

「――え」

思わず顔が引きつった。

「前にとっ捕まえた奴にもいたぞ。殺人罪で起訴された奴だが、殺した相手の霊が見えるって騒ぎやがって。うるせえのなんのって」

「それは……災難でしたね」

車は首都高速を抜け、中央自動車道に入っていた。左手にはビール工場、右には東京競馬場が見えてくる。

「そういえば配島の動画の中に、八医大病院がネタになっているものがある、とか言ってたな？」

「あ……はい。でも削除されてるみたいなんですよ。一応、どの事件を扱っていたのかは分かってますけど」

「この前は配島の病状しか訊《き》いてなかったから、もう一度聞き込みに行かなきゃならんな……そのときに確認するか」

車は八王子インターで下におりた。そこから十五分ほどで、八王子署に到着である。

祝依は自分のデスクに戻ると、もう一度配島の動画ページを確認した。

やっぱり、猫屋敷が言っていた動画はない。ならばと、先日助清や戸丸から聞いた内容をインターネットで検索すると、それと覚《おぼ》しき事件の記事が幾つか見つかった。

――五年前、八王子医科大学附属病院で起きた医療過誤。

被害者は当時三歳の子供。手術の後、ICUで人工呼吸中に亡くなったという事件である。原因は、鎮静目的で使用したプロポフォールという薬品だ。これは子供に対して処方してはいけないとされている禁忌薬である。これを長時間にわたり、過剰に投与していたのが原因だった。なぜそんな事態になったのかは、調査中となっている。

その三週間後に続報があった。

当初はＩＣＵ医師団や主治医、麻酔科医のミスかと思われた。しかしカルテを詳細に確認したところ指示に問題はなく、看護師の人為的なミスという結論になった。

病院側からは、看護師が迂闊《うかつ》だったことは否めないが、そもそものシステム的な問題があったとして、病院全体の責任と重く受け止めていると説明があった。

しかし麻酔科医は責任を取って辞職。看護師は厳重注意。遺族とは示談が成立して、訴訟はなし。遺族からは、悔しさと悲しさを滲《にじ》ませながらも、病院側も誠意ある対応をしてくれたのが救いだとのコメントがあった。

当時は話題になったのかも知れないが、数年が過ぎた後では、炎上した燃え滓《かす》を見つけるのも難しい。

署内の人間に訊いてみても、この事件を知っている人間はほとんどいなかった。数少ない記憶に残っている人も「ああ、そんなことあったかな」程度のものだ。炎上したと騒いでいても、そんなものかと思う。

祝依も、自分自身の過去を思い出さずにはいられない。

「死ぬ必要なんてなかったのに……」

心の奥で、暗い炎がくすぶっていた。

相田が予告していた通り、改めて八王子医科大学附属病院へ聞き込みに行くことにな
った。今回は患者と主治医としての話ではなく、配島との関係について訊《き》いてみたいと
いう主旨だ。

† † †

「またいらっしゃるとは思いませんでした。私で力になれることがあればいいのですが」

高垣院長は応接室に入るなり、祝依と相田に親しみを込めた微笑みを見せた。

「お忙しいところ、お時間取らせて済みません」

相田はそつのない挨拶《あいさつ》をし、祝依も軽く頭を下げる。立ち上がって挨拶をした二人に、
高垣はソファに座るように促した。

「いえいえ、これも一市民の義務ですし……今度は何か事件ですか？」

「この前も伺った配島さんの件で。一応、自殺と他殺の両方で調べてましてね」

「……他殺？」

高垣は眉《まゆ》を寄せた。

「どういうことです？」

「自殺と断定出来ないってところですかね……まあ、一応ではありますが、交友関係と
か、何らかの接点のあった方々から、改めてお話を伺ってるところで」

「知っていることは、何でもお話ししますが……」

文句を言いたそうな雰囲気を感じさせながらも、高垣は承知した。祝依は手帳を開くと、質問を始める。

「全員に訊いていることなのですが……配島さんが亡くなった当日、十一月十四日から十五日にかけて、大体午前零時から午前二時くらいまでですかね。何をなさっていましたか？」

死後硬直と死斑《しはん》、腸内温度と胃の消化にはズレがある。その中間を取ると、午前零時から二時。その時間帯が一番怪しい。

「夜中じゃないですか。寝てますよ」

「その日はご自宅で？」

高垣は仕方がなさそうに手帳を取り出すと、ぱらぱらとページをめくる。

「そうですね。ちょっと遅くまでミーティングがあったので、帰宅したのは零時前後だったと思いますが。ミーティングの出席者と家族に訊いて頂ければ分かりますよ」

「ありがとうございます」

しかし証言するのが病院内のスタッフと家族では、少し信憑性《しんぴょうせい》が低いなと祝依は思った。

「あと、配島さんの動画の中に、こちらの病院を扱ったものがあったはずなのですが、どうも見当たらないんです。その件についてお伺いしたくて」

「そうなんですか？　その動画は見たことがありませんし、なぜ消えてるのかも知りませんが……ただ、配島さんから直接、話は伺ったことがあります。ネタにさせてもらって悪かったと、バツが悪そうに語っていたのを覚えています」

「それは五年前の医療過誤についてですね？」

高垣は神妙な顔でうなずいた。

「あの医療過誤は、忘れようにも忘れられません」

そうして高垣が語ったことは、ほぼ事前に調べていた内容と相違なかった。

「あのときは、ひどい誹謗《ひぼう》中傷が飛び交っていました。私自身、人間不信に陥りそうでしたよ。当事者だった看護師は心を病み、ついに……自ら命を絶ってしまった」

「えっ⁉」

祝依と相田は、思わず身を乗り出した。

「自殺、してたんですか」

高垣は少し意外そうに答えた。

「ご存知ありませんでしたか……」

沈痛な面持ちで高垣は続けた。

「そういった悲劇があったのです。若松早奈恵《わかまつさなえ》というまだ若い看護師でした……確かにあれは若松の単純なミスだった。しかし、人間は神ではない。間違えることはあるのです。だから我々も、あれから対策を講じた。個人のミスを、チームでカバーするシステムを構築し、再発を防止しました。無論、亡くなった方とご遺族には申し開きのしようもない。だが、人は失敗から何を学ぶかが大事なのだ。そうして成長する。たった一度の過ちを許さず、自殺にまで追い込むことに何の意味があるのでしょう?」

高垣は言葉を切ると、ソファに深く体を沈めた。

「彼女が亡くなってすぐだ。今度は罵詈《ばり》雑言《ぞうごん》を投げつけていた連中が、殺人罪に問われるんじゃないかという話題が出回った。するとどうだ? みんな一斉に過去の発言を削除し始めた。だからネット上を探しても、彼女を罵《のの》しるものは少ない。配島さんの動画が今は存在していないのも不思議ではない。その動画も、今度は自分が攻撃されることを恐れて削除したものの一つだったのではないかな」

確かによくある話だ。それだけにやり切れない気持ちになる。人は凝りもせずに、同じ事を繰り返す。ささやかなストレス解消と娯楽のために、安全な場所から見ず知らずの人間を言葉で傷付ける。

それはもはや呪いだ。

相手とは関係ない自分の不満や怨《うら》みを、無関係な人間に叩《たた》き付けている。マスコミやネットで、こいつは悪い奴だ、という雰囲気が作られると、その相手にはもう何をしても許されると思い込む。なぜなら、こいつは悪い奴だからだ。悪を叩くのは正義。すなわち自分こそが正義。正義は悪に何をしても許される。

そんな幼稚で頭の悪い理屈を、多くの人が無意識に受け入れている。

配島の死。

もしそれが復讐《ふくしゅう》であるのなら、その行為はもちろん肯定できない。けれど、その気持ちが少し分かる気もする。

祝依は高垣の話を聞きながら、そんなことを考えていた。

†　†　†

「ああ、すみません。すみません。お待たせしました」

内科の病棟にある小さな会議室に、慌てた様子で内藤が飛びこんで来た。

「また僕に訊《き》きたいことがあるとかで……一体、今度は何でしょうか？」

がたがたと音を立てながらパイプ椅子に座ると、内藤はハンカチで額の汗を拭《ふ》いた。

相田は顎《あご》をしゃくり、お前が話せ――と合図を送ってきた。

高垣と同様にアリバイの確認をしてみたが、内藤は自宅に帰ってからは外に出ていないという。しかし一人暮らしなので、証明するのは難しそうだった。

「話は変わるのですが……もう一度、配島さんについてお伺いしたいんです。以前に、精神科にかかっていたとか、うつ病に対する薬を処方したとか、そういったことはありませんでしたか？」

「え？　うつ病？」

内藤は何度か目をしばたたかせた。

「いやあ……僕が知る限りはないかなあ。あ、心の病で自殺したんじゃないかってことですね？　もしかしたら院長が精神科を紹介してるかも」

「伺いましたが、特にされていないそうです」

「そうですか。となると、分からないなあ……うち以外の病院にかかってたなら、僕らには分かりませんし」

「なるほど、それは確かに……内藤先生は元は麻酔科医だったそうですね？」

内藤の手が、びくっと跳ねる。

「え、ええ……」

「どうして内科に？」

「…………」

しばらく黙った後で、内藤はうつむきがちに話し始めた。

「ご存知なんでしょ？　例の医療過誤の件」

敢《あ》えて返事をしないことで肯定を示すと、内藤は話を続けた。

「すごくショックでした。一時はもう医者は辞めようと思って……実際、一度は退職をさせて頂いたのですが……」

「でも、復職されましたね。何か心境の変化が？」

内藤はぎゅっと拳《こぶし》を握りしめた。

「院長に諭されました。悔やんでも元には戻らない。もし罪悪感があるのなら、一人でも多くの人を救えと」

「それは……とても良い言葉ですね」

内藤は顔を上げると、うるんだ瞳《ひとみ》でうなずいた。

「それで復職を決めました。内科に移ったのは、直接患者さんの治療に当たりたいという気持ちからです。それに、麻酔科医で培ったことが内科で生きると思ってました。麻酔科医は、患者のあらゆるデータを確認し、外見の様子を注意深く観察して、どういう対処をするのが最善か、刻々と変化する容体に即応しなければならないんです。実際、内科医になって、その経験が役立っています」

「なるほど……そこまで思われたのは、亡くなった患者さんだけでなく、看護師さんのことも影響してるんでしょうね」

内藤は今にも泣き出しそうな目で、何度もうなずいた。

「そうです、そうです！　ああ、何で自殺なんかしちゃったんだろうなぁ……若松さんには、色々な可能性があったと思うのに……」

「若松さんは、どんな方だったんですか？」

「とてもいい子でしたよ。一生懸命で真面目で……真面目過ぎたのかなぁ。人の言うことを真っ正面から受け止めて、全力で応《こた》えようとする……そんな感じの子でしたから」

いと答えた。だから削除されたことも知らなかったそうだ。

その後、配島の動画の件についても尋ねてみたが、見るのがつらいので見たことがな

†　†　†

会議室を出て、廊下を歩きながら祝依は相田に話しかけた。

「配島の動画は、死人まで出してたんですね……」

「若松ね……」

相田はそうつぶやきながら、スマホで検索をした。すると何件かヒットした。

「飛び降り自殺か……しかも場所はここだぞ」

「え？」

祝依は相田の手元を覗《のぞ》き込んだ。

ニュースサイトの記事だった。事件が発覚してから二週間後に、八王子医科大学附属病院の屋上から飛び降りたという内容だ。遺書はなかったようだが、医療過誤の責任を重く感じ、心を病んでいたと書かれている。

「……この女の筋から調べてみるのもアリだな」

「と言うと？」

「この女の遺族か何かが、配島に怨みを抱いてたってことはあるだろ？」

「そうですね……あと若松さんのご遺族に、医療関係者がいるかどうかも気になりますね」

「だな。ちょっと事務室に寄って、住所や身元を確認してくる。お前は先に戻ってろ」

きっと、どこかへ寄り道したいのだなと察し、祝依は素直にうなずいた。

「了解しました。僕はちょっと法医学教室に寄って行きます」

相田と別れると、祝依は病院を出た。

大学に向かう道から病院の方を見ると、佇《たたず》む看護師の背中が目に入る。そういえば、この前もいたような気がする。こちらに背を向けているので、顔は分からない。だが、身動《みじろ》ぎ一つせずに佇む背中からは、見慣れた雰囲気を感じていた。

この病院では、看護師の飛び降り自殺があった。

あれは死んだ看護師の霊ではないのか？

しかし、自殺者なら見えないはずだ。すると、あれは生きている人間のはず。

或《ある》いは――

「祝依さん」

声をかけられ振り向くと、そこには戸丸がいた。

「どうしたんですか？　こんなところで」

「……いや、病院の方に用事があったので、ついでに法医学教室の方に寄ろうかと」

「あっ、そうなんですか！　じゃ、一緒に行きましょう」

戸丸は人懐っこい笑顔で歩き出した。

「また配島さんの件ですか？」

「ええ。高垣さんと内藤さんにお話しを伺いに」

「何か参考になることは聞けました？」

「捜査上のことなので、話すわけにいかないよ」

戸丸の人柄のせいか、何となくフランクな言葉遣いになってしまう。失礼かなとも思ったが、戸丸に気にした様子はない。むしろ浮かべた笑みからは、距離感が近付いたことを喜んでいるようにも思えた。

「ははは、そうですよね。でも、二人とも世渡り上手《うま》いし、特に高垣院長は老獪《ろうかい》ですから、話を聞き出すのは大変そうですけどね」

先日、戸丸たちから話を聞いて、自分が抱いた高垣と内藤の印象とのギャップに違和感を感じていた。今日はその違いを確かめてみるつもりもあったが、特に印象が上書きされることはなかった。

「あの二人、病院内部の人には嫌われているみたいだね」

「あはは、でも普通そうじゃありませんか？　部活の先輩とか、学校の先生とか、会社の上司だって、普通はみんな陰で悪口言うものじゃないですか」

確かに、と言って祝依も笑った。

「戸丸君は、臨床というか、病院に戻りたくなったりはしないの？」

戸丸は頬に手を当て、うーんと唸《うな》った。

「その気持ちもないわけではないんですけど……ご存知だとは思いますけど、日本の解剖率って凄《すご》く低いんですよ。死因の分からない異常死に限定しても、解剖されるのは一割。イギリスは四割、フィンランドは八割なのに」

「そんなに？」

日本の解剖率が低いのは知っていたが、そこまで差があるのは驚きだった。

「はい。だから犯罪死の見逃しも多いだろうって言われてるのに、誰も対策を講じることが出来ない。微力ながら、そういった不幸が一つでも減らせるなら……って」

「そうか……戸丸君は本当に立派だなあ」

素直な気持ちを口にすると、戸丸はじたばたして恥ずかしがった。

「そ、そんな大したもんじゃないですって。それに、カッコ付けたことを言ってますけど……もしかしたらいずれ病院に戻るかも知れませんし。でもその時には、法医学の経験が絶対に役立つだろうなって。だって、人間の体を解剖していいなんて、他にないですからね。ここ以上に人間の体について深く知れるところなんて、ありませんよ」

戸丸が言い訳がましくまくし立てているところで、法医学教室の研究室に到着した。扉を開けると霧崎の姿はなく、助清が一人デスクに向かっていた。

「戸丸、やけにテンション高いな……あ、祝依さんも一緒だったのか」

「そこで会ったんですよ。霧崎先生はどちらに？」

「さ〜それがいないんだよね。珍しい」

祝依は、主《あるじ》のいない机を見つめた。出ているのは、モニターとキーボード、マウスのみ。恐ろしくシンプルだ。

「どこに行ったかも、分からないんですか？」

「うん。ホワイトボードには外出、とだけ書かれてるけど。どこで何をしてるのやら、さっぱり」

先日、夜に訪れたときのことを思い出す。人気《ひとけ》のない法医学教室にいた霧崎は、どこか人間離れした存在に思えた。美しくも、冷たく、どこか退廃的で危うい存在。

昼間、みんなと一緒にいるときの霧崎とは、違って見えた。上手く言えないが、感情のない仮面の奥に隠れた、霧崎の本当の顔。その一端を覗いたような気がする。

今、霧崎はどこで何をしているのだろう？

なぜか祝依の心は、不安にざわめいた。

† † †

祝依と相田が帰ってしばらくして、内藤は院長室に呼び出された。

派手ではないが、全て質の良い品で揃えられたデスク周り。その向こうに、険しい顔をした高垣が座っている。

「内藤、あの刑事に何を訊《き》かれた」

鋭い目で見据えられると、どうにも落ち着かなくなり、自然と目が泳ぐ。

「は、配島が精神科にかかっていなかったかとか、うつ病の薬を処方しなかったかとか……そんなことを、訊かれました」

高垣は顔を歪《ゆが》め、ふんと鼻を鳴らした。

「それだけか」

「……あとは、五年前のことを……」

「何を話した」

「な、何も話してませんっ」

「嘘を言うな！」

怒号が内藤の顔を打つ。もう五十に手が届こうかという男の体が、恐怖で震える。

「質問されたのだろう？　だったら何か答えたはずだ。一言一句漏らさず話せ」

「は、はい……し、しかし、まずいことは何も、口にしてません」

「それは私が判断する。お前をすぐに呼んだのは、記憶が曖昧《あいまい》にならない内に聞き取るためだ。奴らは配島の死を怪しんでいる。そして例の件だ。細心の注意を払う必要がある。それくらいはお前にも分かるだろう」

「は、はい……しかし」

何か言おうとした内藤を、高垣は片手で制する。

「お前の意見はいい。事実だけを話せ。早く！」

ふと脳裏に小学生の頃の記憶が蘇《よみがえ》った。クラスのリーダー格で、喧嘩《けんか》が強く、女の子にもモテる奴だった。そいつにいじめられた過去が、忘れたい過去が、高垣に叱責《しっせき》される度に思い出される。

再び体が震える。必死で余計な記憶を押しのけ、ついさっき刑事と話した内容を呼び起こす。内藤は震える声で報告を始めた。あやふやな表現は何度も聞き返され、突っ込まれた。聞き取りというよりも、尋問だった。やっと解放されたときには、一時間が過ぎていた。

「いいか、お前はさっき私が許可したこと以外は、何も喋《しゃべ》るな。分からない、忘れてしまったで通せ。いや、それ以前に基本的には多忙で会えないと断れ」

最後にそう何度も言い聞かされた。頭の悪い子供扱いするなと言い返したかったが、うなずくことしか出来なかった。

院長室を出ると、精も根も尽き果てていた。

それなりの年齢になり、社会的地位も得た。自分は成長したはずだ。出世したはずだ。

それなのに、なぜだろう。

自分は小学生の頃から、何一つ変わっていないような気持ちになる。

重い足を引きずりながら、廊下を歩いて行く。

歩きながら、懐のポケットからスマートフォンを取り出した。高垣に怒鳴られているときに、着信があって振動していたので気になって仕方なかった。
メールアプリを立ち上げる。

差出人：♀
件名：怨

「……!?」
本文はない。
一体どこの誰が？
差出人の名前は♀だが、メールアドレスは人の名前だった。これなら正体が分かる。
そう思ってアルファベットを目で追った。
hajiima_tadashi
死んだはずの配島からだった。

Someone's Perspective 2

この家はなかなかいい物件だ。苦労して探した甲斐《かい》があった。

築四十年のアパート。畳敷きの六畳一間。八王子市内からのアクセスもいいし、それでいて辺りに家が少なく、出入りするのを誰かに見られる可能性が低い。

ここなら処刑の執行にぴったりだ。

処刑——すなわち、罪を贖《あがな》わせるということ。

ただ殺せばいいというものではない。殺し方に条件がある。絞首刑、ガス室、電気椅子など、処刑方法にも色々あるように、この処刑にも様式というものがある。

この処刑で肝心なのは、自殺と思わせることだ。

世論、民意、そういった言葉を振りかざし、自分のストレスを誰かにぶつける。マスコミやインターネットで悪と喧伝《けんでん》された相手は悪であり、その悪を叩《たた》くことは正義である。何の根拠もなく、そう思い込む愚民たち。そんな無知《むち》蒙昧《もうまい》な連中から、リンチに遭って死を選ばざるを得ない人々がいる。

それは間違いなく殺人だ。しかし世間では自殺とされている。

だから自分がしていることも、罪にはならないはずだ。

なぜなら、これは正義だからだ。

自分の計画は完璧《かんぺき》だった。

配島直志。

奴は人の触れて欲しくない部分を暴き、必要以上の演出を加え、偏向的なものに仕立て上げる。無能な大衆を煽《あお》り、他人を攻撃することを娯楽として提供している。他人を不幸に追い込むことで利益を得る悪党。その悪が正義を語る皮肉。

奴がいなければ、幸せに暮らせた人間の何と多いことか。

あんな人間は生かしておいてはいけない。

不幸は連鎖する。

だから不幸を作り出す人間は、消さなければならないのだ。

配島に情報のリークを申し出て、奴の自宅に入り込んだ。自分がとある事件の関係者だということも、配島の興味をそそる要因だった。奴は疑いもなく、招き入れた。

そして手土産として持って来た、抗うつ薬を混入させた酒を振る舞った。致死量を混ぜることも出来るが、敢《あ》えて量を抑えた。そうすると、強い眠気に誘われる。

飲み始めると配島はすぐに目つきが怪しくなり、呂律《ろれつ》も回らなくなった。その様子を見て、これなら用意しておいたオプションを実行出来ると思った。

恐らく配島は自殺として処理される。殺人とは誰も気付かない。無論、そうしたくて仕組んだことだ。だが一抹の不満も感じる。

矛盾するようだが、どこかに自分の跡を残したい欲望がある。抗うつ薬もその一つだが、もう少し具体的な形を残したい。これが罰であり、然《しか》るべき報いを受けたのだという証《あかし》を刻みたいのだ。それも、誰にも気付かれずに。

そのために、証明書を用意して来た。これが間違いなく、自分の復讐《ふくしゅう》であるという署名。名刺と言っても良いかも知れない。

怨《うら》みと、その怨みを抱く者の署名を記した紙。部屋に残すと、さすがに計画が台無しになる。しかし胃の中なら安全だ。

あり得ないことだが、仮に――万が一にでも、他殺を疑われて解剖されたとしても、その頃には消化されている計算だ。

その紙を折りたたみ、配島が席を外したタイミングでサンドイッチに挟んだ。配島がそれを食べるかどうかを見守るのは、とても楽しかった。配島がろくに嚙《か》みもせず、そのサンドイッチを飲み込んだときは、ギャンブルで当たりが来たときのような恍惚感《こうこつかん》を味わった。

それからしばらくすると、配島は眠り込んだ。この時点で、計画は成功したようなものだった。しかしこのままでは、いつ目を覚ますか分からない。だから次は家庭用の酸素ボンベを配島の口に当てる。ただし、ボンベの中身は酸素ではなく二酸化炭素に入れ替えてある。高濃度の二酸化炭素を吸引させれば、すぐに意識を失うからだ。

そしてやっと首を吊《つ》らせる段階に入る。

当初はドアノブで首を吊らせる予定だったが、他に使えそうなものがないか探した。というのも、ドアノブに問題があることが判明したからだ。首を吊らせるには、ドアを閉めなければならない。だがそうすると、部屋から出られなくなる。

ドアを半開きにした状態では死体が安定しない。上手《うま》く吊《つる》すことが出来ない上に、状況的にも不自然になってしまう。

ぶら下がり健康器も魅力的に映ったが、あれを使うには自分の力では無理そうだ。本棚代わりのラックが、一番使い勝手が良さそうだった。おあつらえ向きに、処刑台になりそうな本もある。

現場で多少の問題はあったものの、リカバリーは出来た。汚れた本を持って帰らねばならなくなったのには、閉口した。そうなったのは、わずかなミスが原因だった。

二酸化炭素を吸入させる量が多すぎた。作業中に心臓が停止してしまい、慌てて作業をしたので焦って作業に抜けが生じた。

それともう一つ、失敗があった。

飲ませた署名の紙を、見つけられてしまったのだ。

計算では消化されるはずだった。解剖されても、証拠は残らないはずだった。

それなのに、なぜか残ってしまった。

ほんのわずかなほころびから、傷が広がってゆく。

なぜこんなことになってしまったのか？

あいつのせいだ。

その対処のためにシナリオを書き換えざるを得なかった。

これは由々しき問題だ。

だが、それを無理に修正しようとすると、余計に傷が広がってしまう。

だから必須《ひっす》項目を変更する。

最重要課題を、自分が捕まらない、というものに変更した。

自殺として処理され、殺人とは気付かれないのがベストなのは変わらない。しかしそれが無理なら、殺人だと分かっているのに、犯人を捕まえられないということで我慢するしかない。

ネットで叩かれた人間が自殺したとき、悪意を叩き付けた相手が殺したと、本当はみんな分かっている。だがその全員を逮捕することは出来ない。それと同じだ。

そう考えれば、納得出来る。

だが、失敗はこれ一度きりだ。

そう決意すると、持って来たキャンプ用のコンロと練炭を押し入れに一旦《いったん》しまう。

窓の目張りは、獲物を運び込んだ後でいいだろう。

次は普通に医療用の麻酔を使って眠らせる予定だ。

眠っている間に、苦しまずにあの世に旅立たせてやるのだ。感謝して欲しい。

苦しみ抜いて死を選ぶのではないのだから。

PART 3

警察は週に一回、夜勤がある。夕方に出勤し、次の日の昼に退勤。そして翌日は休みとなる。

夜勤明けの祝依は、八王子の街をぶらついていた。せっかく人の少ない平日である。店を覗《のぞ》いたり、街歩きをするには絶好の機会。早く帰って寝てしまうという手もあるが、そうすると体内時計が狂ってしまい、休み明けがつらくなる。徹夜はキツいが、正直な話、多少の仮眠は取っているので、今はそれほど眠くはなかった。

さて、どこへ行こうか。祝依は自動販売機で買った缶コーヒーを開け、路地の角に佇《たたず》み、目の前のマンションを見上げた。なかなか立派なタワーマンションだ。間取りと階数にもよるが、上層階なら四千万は下らないだろう。

そんなことをぼんやり考えていると、エントランスから知った顔が現れた。相手も祝依に気付いたらしく、顔を引きつらせる。そして少し迷う動作をした挙げ句、道路を渡ってこちらへやって来た。

「ああ、これは内藤さん。偶然ですね」

「偶然？　偶然なんですか？」

八王子医科大学附属病院の内科部長は、そんなわけないだろ、と言いたげな笑みを浮かべた。

「こんなところで何をしてるんです？」

「夜勤明けでして……せっかくですから街歩きでもと思って、ぶらぶらしながらお店を覗いてます。しかし、いいところにお住まいですね」

「いや、別に……」

「これからご出勤ですか？」

「今日は非番なので……」

「そうでしたか。では良い休日を」

笑顔で手を振ると、内藤は疑わしそうな顔で何度も振り返り、駅の方へ歩いて行く。どうにも刑事をしていると、偶然出くわしただけでも疑われるのは困りものだ。

祝依は改めて目の前のマンションを見上げた。確かに関係者の住所は一応調べてある。こうなると、高垣がどんな豪邸に住んでいるのかも気になった。

どこかで昼ご飯でも食べようと、ふたたび歩き出した。日付は既に十二月。店先にクリスマスツリーを飾る店も増え、街全体が浮ついた雰囲気になりつつある。

どうにも居心地の悪さを感じながら、だらだらと歩き続けていると——

「あっれー!?　祝依さーん」

派手な黒ゴスロリに声をかけられた。

「え⁉　猫屋敷さん？　それに……‼」

「……」

猫屋敷の後ろには霧崎がマネキンのように佇んでいる。

いつも通りの地雷メイクに、黒がベースで差し色にピンクと紫の配色。フリルやリボンの付いた着せ替え人形のようなコーディネイト。

最初見たときは祝依も驚いたが、だんだん慣れてきた。今では、特に違和感を感じないし、素直に可愛いと思えるようになった。

「偶然ですね。お二人とも買い物ですか？」

「うん、服とかコスメとか色々。これから、どうしよっかなーって思ってたとこなんだけど……」

霧崎は何か言いたそうな目で、祝依を見つめていた。普段は人見知りのように視線を合わせないが、何か興味があると容赦なくガン見してくる。祝依は何だか落ち着かない気持ちになってきた。

「あー……ちょっと祝依さん、こっち来て」

猫屋敷が祝依の袖《そで》をつまんだ。そのまま袖を引っ張られて、道の反対側に連れて行かれる。そして猫屋敷は囁《ささや》くように訊《き》いてくる。

「祝依さんってさ、霧崎ちゃんと付き合ってんの？」

「は⁉　いえ、とんでもない」

「まあ……そうよね」

猫屋敷は腕を組んで、悩むような仕草を見せた。

「何だか霧崎ちゃんは、祝依さんに興味を持ってるみたいだけど」

「それは……」

恐らく、殺された人の霊が見えるという点に関してだろう。それ以外に、興味を持たれるような心当たりはない。

「霧崎ちゃんのことは、嫌いじゃない？」

「それは勿論《もちろん》です。とても優秀ですし、頼りにしています」

ふーんと鼻を鳴らすと、猫屋敷は値踏みをするように、祝依の全身を眺めた。

「……あのさー、祝依さんっていい人？」

そう問われて、いい人ですと断言できる人は少ないよなと祝依は思った。

「普通……だと思いますけど」

「霧崎ちゃんってさ、結構つらい目に遭ってきてるのよ」

「……」

「それで割とコミュ障でさ。人との距離を測るのも苦手だし。人目を避けてるとこもあって、あのメイクと服もそれと関係してんだよね。メイクで素顔を隠したいってとこがあってさ」

「昔、何か事件に巻き込まれたと、霧崎先生から聞きました」

猫屋敷がびっくりした目で祝依を見つめた。

「自分から教えたんだ……へぇ……そっか」

何度か、うんうんとうなずくと、猫屋敷は霧崎に向かって大声で呼び掛けた。

「ごめーん。ちょっと用事があったの忘れてた！　これから渋谷《しぶや》まで行かなきゃだから、代わりに祝依さん置いてくね！」

突然の無茶振りに、祝依は泡を食った。

「な、ちょっと猫屋敷さん⁉」

「いーから。霧崎ちゃんも何か話したそうにしてるし。それよか頼んだよ？　霧崎ちゃん悲しませたら、生きたまま火葬場に送るから」

「それだけはご免ですね……」

猫屋敷は大きく手を振ると、足早に去って行った。何だかバツの悪い思いで霧崎の側に戻る。

「何だか忙《せわ》しない人ですね。猫屋敷さん」

「……同感です」

仕事中と違って、霧崎の応答は言葉が少ない。何となく気まずい感じがある。ただ、夜の法医学教室で感じたような、どこか険呑《けんのん》な雰囲気は感じない。昼間だからなのか、猫屋敷効果なのか分からないが。

「ええと……どうしましょうか。猫屋敷さんはああ言ってましたけど」

「話したいことがあるのは事実です」

思わず、息が詰まった。心臓が縮んだような苦しさを感じる。

「そ、それじゃ……どこか喫茶店にでも？」

「お任せします」

「どこがいいかな……何か希望とかありますか？　どこかのスイーツが食べたいとか」

「話が出来れば構いませんので、私は立ち話でも問題ありません」

さすがにそういうわけにはいかないだろうと思い、自分が知っている中で、比較的落ち着いた雰囲気のカフェへ案内した。

祝依はホットコーヒー、霧崎はアイスコーヒーを注文する。ウェイターが立ち去ると、霧崎はいきなり切り出した。

「実は、死体検案書の中で気になったものについて、最近少し調べてました」

まあそうだよな……と、祝依は少し残念なような、ほっとしたような奇妙な気分になった。

「ここ数日は、可能な範囲で実際に現場に足を運んでみました」

「法医学教室にいなかったのは、そのせいだったんですね……そういうことでしたら、一声かけて頂けたら――」

霧崎の冷たい声に遮られた。

「警察が動くのは無理では？」

気軽に言ってしまったが、霧崎の言うとおりだった。思わず返答に困る。

「それは……」

やや上目遣いの、射貫《いぬ》くような視線が向けられた。

「これはもう解決した事件。いえ、事件にならなかったものです。それに、検案書で不明点があったとして、それを確認する術《すべ》はありません。既に遺体は火葬され、納骨されてしまっています」

瞬《まばた》きもせず見つめる瞳《ひとみ》は、それ自体が発光しているような不思議な耀きを持っていた。美しくも、どこか静かな怒りと狂気を感じさせる目。

そのまなざしに見つめられると、なぜか糾弾されているような気分になる。

「でも……休みの日なら自由に動けますし。それに万が一にでも、霧崎先生が危険な目に遭ったら……」

少しだけ、霧崎が目を見開いた。

「危険？」

霧崎が考え込むのに合わせたようにコーヒーが運ばれて来た。ウエイターが下がるタイミングで、霧崎はぽつりと言った。

「しかし、祝依さんが上司の方に叱られてしまいますね」

祝依は少し驚いた。まさか自分に対して気遣いをしてくれるとは。

「大丈夫ですよ。怒られない範囲でやりますし、第一これも捜査の範疇《はんちゅう》だと思っていますから。だから一つだけ約束して下さい」

「何でしょうか……？」

「絶対に危険なことはしないで欲しいんです。もし、どうしてもやむを得ない場合は、僕を呼んで下さい」

「……祝依さんを？」

「今回の事件はまだ動機がハッキリしていません。もしかしたら、シリアルキラーの可能性もあります。霧崎先生はとても賢い。だから、真相に近付くかも知れない。でもそれを相手に知られたら……どんな手を使ってくるか分かりません」

霧崎は何ごとかを思案しているようだった。だがその間、じっと祝依のことを見続けていた。

その視線に、祝依は自分が査定でもされているような気分になった。心を値踏みされ、頭の中の思考回路を読み取られているような気がして、どうにも不安になる。

思わず目を逸《そ》らしたタイミングで、霧崎はやっと返事をした。

「分かりました。お約束します」

霧崎の返事に、祝依はほっと溜《た》め息を吐いた。

「祝依さんは――」

言いかけて、霧崎は止まった。

依は思った。

「はい」

先を促すように返事をすると、霧崎は一度目を閉じた。

「……いえ、何でもありません」

言葉を濁したり、言いかけたことを引っ込めるなんて、何だか霧崎らしくないなと祝依は思った。

怪訝《けげん》な気持ちで見つめていると、霧崎は目を開いて再び話し出した。

「一応、ご報告までと思っていたのですが、そこまでご協力頂けるのでしたら、場を改めた方が良さそうです。資料が大学に置いてありますので、ご都合の良いときに来て頂けますか？」

「それでしたら、明日《あした》はどうでしょう？　ちょうど休日なので」

「問題ありません」

その後、連休なのかと訊かれ「夜勤明けです」と答えると、霧崎はしばらく無言になった。その沈黙の時間が重い。何か話題を振らなければ、と口を開きかけたとき、

「申しわけありませんでした」

と、全然申し訳なさそうな顔で謝られた。

「……へ？」

「お疲れのところ失礼致しました、と申し上げたのです」

「あっ、いえいえ！　実は、ちょっと仮眠も取ってるので平気です。それに、あまり早

い時間に寝ると、明日以降がキツくなるんですよ。だから、いつも起きてるんで気にする必要は、まったくありません」

　霧崎は「そうですか」と返事をすると、再び沈黙した。

　祝依はその沈黙の意味を考えた。これはもう帰りたい、という意味だろうか。しかし、霧崎のアイスコーヒーはまだ半分以上残っている。霧崎が先に席を立ってくれれば分かりやすいのだが、自分の方から先に帰ると切り出すのは、何となく失礼な気もする。

　考えた末、何か適当な話題を二、三振って様子を見ることにした。

「そういえば、さっき内藤部長と会ったんですよ」

「内藤部長と？」

「偶然なんですけどね。ちょうどご自宅が、近くのマンションだったみたいで。立地も設備もいい物件で、その分値段もいい感じですが……さすが大病院の部長さんですね」

「祝依さんはマンションに詳しいのですか？」

　食いついてきてくれたのは意外だったが、その分嬉《うれ》しくなった。

「はい。マンションに限らないですが、不動産情報を見るのが何となく好きで……色々な人生や生活があるんだな、どんな人が住むんだろう？　自分が住んだらどうなるんだろう？　とか想像すると楽しいんです」

「…………」

　そして会話が終了した。思ったほど、食いついていなかったことに気が付き、別の話題を探した。

「その……霧崎先生は飲み会とか、あまりお好きではないのですか？　この前の猫屋敷さんと法医学教室の飲み会も行かなかったですし」

「そうですね……他人と食事を一緒に摂《と》る意味がありませんから」

意味がない？

「誰かの介助がなければ食事を摂ることが出来ないのであれば、他人と一緒に食事をする理由は分かります。そうでないのなら、誰かと一緒に食事をする必要はありません。栄養摂取は個体で完結する作業です」

「それは……確かにそうですが」

「それぞれ、その日に摂取したい栄養も違うはずです。それを誰かの都合に合わせなければならないというのは、実に非合理的です。それに、食事の間ずっと他人に気を遣うのもストレスにしかなりません」

「な……なるほど」

霧崎の考え方が、祝依にも少し分かってきた。実に論理的だが、恐ろしく事務的でもある。

「おっしゃることは分かりました。でも、少しは楽しみもありませんか？　誰かと一緒にごはんを食べると、楽しかったりとか、いつより美味《おい》しく感じたりとか」

首をかしげるように、霧崎の頭が少しだけ斜めに傾く。その動作が、妙に可愛らしく感じられた。

「楽しいかどうかは分かりませんが、美味しく感じるというのは興味深いですね」

霧崎が理解を示してくれたことに、祝依は嬉しくなった。

「会話をしながら一緒に食事をするということは、相手のつばきが飛沫《ひまつ》となって飛び、テーブルの上にある料理にかかるということです」

「………………」

「特に、飲み会のような大きな声を出す場はより顕著です。相手のつばきのかかった食事を美味しく感じると言うことは、祝依さんにはそういった性癖があるということでしょうか？」

「……そんな性癖はありません」

なぜそういうことを言うのかと、苦情を言いたい気分だった。しかも、次から飲み会の度に、この会話を思い出してしまいそうだ。今後の円滑な人間関係の形成に、支障が出るかも知れない。

しかし、霧崎のことが少しだけ分かったような気がした。

霧崎の言動は独特だが、順序立てて説明されれば、共感出来るかどうかは別として、理解することは出来る。普通は、他人との円滑な関係を保つために、空気を読むという言葉を使って、なあなあで済ませている部分がある。或《あるい》いは世間一般の常識、普通、慣例だから――といったものの数々。霧崎はそういったものに忖度《そんたく》がない。だからといって、他人を蔑《ないがし》ろにするわけでもない。ちゃんと思いやる気持ちがある。

他人に気を遣いながらも、自分の気持ちや行動についても妥協しない。つまり自分に対しても他人に対しても、個というものを大切にしているのではないか。

「仲間」「みんな」「チームワーク」「絆《きずな》」「和」そういった言葉が尊いものとして、もてはやされるが、ともすれば個人の自由を縛る同調圧力にもなりかねない。

それはマスコミやネットで、大衆が正義を振りかざして一個人に圧力をかけるのと、どこか似ている気がした。

特に、主語が大きくなると、その圧力がより強くなる。「みんな」「男」「女」「国民」そういった主語を使われると、反論しづらくなる雰囲気がある。だから主語を大きくすることで圧力を増そうと——

そんなことを考えて、いつの間にか自分も黙り込んでいることに祝依は気が付いた。

「……あっ、すみません。ちょっと考え事をしてて」

「いえ。思考に費やす時間も必要です」

そう言われて、重大なことに気が付いた。

「すみません。喫茶店に誘ったのは失敗でしたね……霧崎先生が嫌がることを無理にさせてしまいました。本当に申し訳ない」

先程の話からすると、こうして向き合って話をしながらお茶を飲むのは、最悪の選択肢だった。思い返してみれば、法医学教室でのティータイムも、霧崎だけ少し離れたところでコーヒーを飲んでいた。

「問題ありません。通常の会話で飛沫が飛ぶのは約一メートル。今はその距離を保って頂いてますし、祝依さんは話し方も穏やかです」

霧崎はアイスコーヒーのストローを咥《くわ》えると、一気にすする。黒いチョーカーの巻かれた白い喉《のど》が上下する。

「コーヒーも良い味です」

もしかして……気を遣われてる？

霧崎のコーヒーもかなり減ったので、店を出ることにした。霧崎はバスで帰るというので、店の前で別れた。

実は祝依もバスで帰ろうかと思っていたのだが、もし帰る方向が同じだったら、何となく気まずいと思い、電車の駅へと向かった。

今日一日で、霧崎に対する印象が少し変わったような気がした。

猫屋敷に、霧崎のことは嫌いじゃない？　と尋ねられたことを思い出す。

勿論《もちろん》嫌いではない。仕事の面では優秀だと思っているし、頼りにもしている。しかし猫屋敷が言ったのは、そういうことではない。男女として、という意味だろう。

正直な話、それは自分でも分からない。

霧崎には謎が多い。今日話をして、少し理解が深まった気もするが、それでもまだまだどんな人間なのかが分からない。それに、霧崎の中に何か恐ろしいものを感じる瞬間がある。あれはただの気のせいなのだろうか？

それとも彼女の心の奥には、想像も出来ないような深い闇があるのか。

程度の差こそあれ、誰にでも闇はある。一見すると、明るくなんのやましいところもなさそうな人が、とんでもない顔を持っていたりする。そうでなければ、ネットであれほどの悪意が渦巻いたりはしない。

まして、霧崎には過去に不幸があったという。そういった人間の闇は深い。その闇の中に、恐ろしい怪物が潜んでいても不思議ではない。

他ならぬ自分もその例外ではない。

母を死に追いやった世の中が憎くないと言えば、それは嘘だ。母を死に追いやった人間。無責任に攻撃を加えた、見ず知らずの人間たち。その姿を想像し、心の中で殺した人間の数は、数え切れない。

だからきっと霧崎も殺している。誰も知らない、心の中で。

その怨《うら》みと執念は、自分の比ではないと直感が語りかける。

過去に何があったのか。顔や体にあるという傷は何なのか。とても重く、恐ろしい話に違いない。それは迂闊《うかつ》に近付いてはいけない領域。けれど、なぜか積極的に踏み入りたい気持ちになっている。

祝依は駅の地下改札を通り、ホームへの階段を下りてゆく。深い心の底へ下ってゆくような気分になった。

†　　†　　†

翌日、祝依は約束通り法医学教室へやって来た。

「やー祝依さーん。待ってたよー」

にこにこ顔の猫屋敷が待ち構えていた。

「猫屋敷さん……」

またいるんですか、という言葉が喉まで出かかった。

「どうも祝依さん」

「あ、また来たんだ～。新しい事件？」

戸丸と助清にも笑顔で挨拶《あいさつ》された。

部屋の一番奥、自分の机に座っていた霧崎が顔を上げる。

「お待ちしてました」

そう挨拶すると、戸丸と助清は驚いた顔をした。

「ちょっと……珍しいですね」

それが待っていたと挨拶をしたことなのか、約束をしていたことなのかは定かではないが、いずれにしろ霧崎にしては珍しいことのようだ。

その珍しさのせいか、二人と猫屋敷までもが話に興味を持ってしまい、結局全員で話を聞くことになった。

霧崎はホワイトボードに死体検案書のコピーを貼り付け、その前に立つ。他の人間は椅子を並べて座る格好になったので、ちょっとした講義のようだ。

貼られたコピーは全部で三枚。

一枚目は飛び降り自殺。場所は八王子市郊外の総合大学。大学四年の男子学生。今から二年前の冬、校舎から飛び降りている。就職が上手《うま》く行かずに悩んでいる、という内容の遺書があった。

「死因は外傷性ショック。頭蓋骨《ずがいこつ》骨折とあります。それに手と顔に擦過傷」

「これが怪しいんですか？　だって遺書があったんですよね？」

戸丸の疑問に、霧崎は即答する。

「検案書だけでは、遺書が自筆だったかどうか分かりません。ご遺族に確認すれば分かるかも知れませんが、迂闊に話を聞くと、ご遺族が警察に問い合わせたり、SNSで不用意な発言をすることも考えられます。それは避けたいと思いました」

「そっかあ、確かにそうですね。でも、これだけだと……」

助清も腕を組んで唸《うな》る。

「そうですね〜、ちょっと弱くないですか？」

霧崎は小さくうなずいた。

「他の疑問点としては、頭から落ちていることです」

「へ？　それって普通じゃん？　確実に死にたいからなんじゃ」

「自殺は足から落ちるケースが多いのです。一方、他殺は頭から落とすことが多い。助清さんがおっしゃったように、確実に殺したいという意識が働くのかも知れません。それと、頭を殴打して殺した場合は、その傷を隠蔽《いんぺい》するという意図もあります」

「はー……なるほどね〜」

「それと、手と顔の擦過傷も気になりました」

「え〜でも落ちたんだから、怪我くらいするんじゃ？」

助清は首をかしげる。しかし、祝依は霧崎の言わんとするところに気が付いた。

「抵抗した痕《あと》とか？」

「はい。事前に殺されたときに、傷を負った可能性があります。或《ある》いは、眠らせておいて体を移動させたり、突き落とすときに傷が付いたということも考えられます」

祝依は死体検案書を改めて見つめた。書いてあるのは死因、そして自殺であるということと、その場所と発見時間。たったそれだけだ。

「情報量が少ないですね……」

「ええ。頭蓋骨の骨折にしても、どういう骨折だったのか不明です。その情報があれば、落下前に殺されていたかどうか、分かったかも知れません。解剖はもちろんのこと、血液検査もしていないようなので、一服盛られていたかどうかも分かりません」

「じゃあ、仮に他殺だったとしても、分からない？」

「はい。現場を見てきましたが、落下地点から考えて、屋上から落下したことは間違いありません。屋上には落下防止のため、私の胸の高さまであるコンクリートの壁がありました。壁の幅は広く、薬で眠らせていたとすれば、一旦《いったん》体を載せるのに都合が良いと感じました。上半身を載せて、足を持ちあげると頭から落とせます」

その様子は、祝依には簡単に想像出来た。自分でも簡単に出来そうな気持ちになってくる。

「結論として、これは自殺として不自然ではありませんが、他殺だったとしても不思議ではありません。どちらでも成立します。具体的な犯人像や動機は不明ですが」

猫屋敷が体を抱いて震え上がった。

「うっわーなんか怖っ！」

霧崎は二枚目の内容を読み上げた。

「こちらは一年ほど前の、一酸化炭素中毒による自殺です。場所は八王子市滝山《たきやま》町のアパート。四十代女性の一人暮らし。締め切った部屋で練炭を燃やしています。発見されたのは、死後三週間後。アパートは空き部屋が多いため、住人が異臭に気付くのも遅かったようです」

あの辺りは、賃貸も安いし最近は空き部屋が多いからな、と祝依は納得した。

「こちらも解剖はされていません。死体検案書からはそれ以上のことは分かりませんでしたので、現地を見てきました」

「その部屋にも入ったんですか⁉」

戸丸が目を丸くした。

「はい。部屋を探しているふりをして、不動産屋さんに話も聞きました。物好きだと驚かれてしまいましたが」

「そりゃあ……そうでしょうね」

半ば呆《あき》れたように、戸丸は引きつった笑みを浮かべる。

「大家さんはもうアパートを建て直すか、更地に戻すつもりとのことでした。ですので、部屋の原状回復がなされずに放置されていたのは幸いです。発見当時の様子を、確認することが出来ました」

助清は気味が悪そうな顔をしていた。

「よくそんなとこ入れますね……あたし絶対やだ～」

「最低限の清掃と脱臭はされていましたから」

「そういうことじゃなくて～」

顔をしかめる助清に、霧崎はよく分からない、というように首をかしげた。

「遺体が倒れていた場所は黒く染みになっていました。三週間も経てば、当然自家融解を起こすので当然ですが……」

「自家融解？」

思わず祝依が復唱する。

「死体は時間が経つと融《と》けます。虫にも食べられて、いずれ白骨化します。このケースでは、そこまで行かなかったようですね。ですが気になったのはそこではなく、窓と玄関の扉です」

霧崎はスマートフォンを出すと、撮影してきた写真を見せた。窓の縁には目張りのようにガムテープが貼られているが、それが半分剝《は》がされている。入口の扉も同様だが、こちらは縁に沿って四辺ともガムテープが残っている。

「窓の目張りは、換気するときに剝がしたそうです。一方、扉の方は綺麗《きれい》に残っています。これも幸いだったのですが、不動産屋さんが第一発見者でした。そこで詳しく聞いてみたのですが……部屋に入るときに、扉を開けるのに苦労したのでは？　と尋ねると、特にそういうことはなく、何の抵抗もなかったそうです」

「……え？」

祝依は写真をもう一度見つめた。

「これだけしっかり貼られていて？」

部屋が静まり返った。

「当時は特に気にも留めなかったそうです。腐乱死体が現れて、それどころではなかったし、単にちゃんとくっついていなかっただけかも、と思ったそうです。警察にも特に詳しく訊《き》かれたりはしなかったとのことです」

全員の視線が祝依に向けられる。祝依が担当したわけでもないし、その頃はまだ刑事にすらなっていない。しかし反射的に「面目ない」と謝ってしまった。

「じゃ、霧崎ちゃん的には、これって……」

「自殺に偽装した殺人だと思います。証拠はありませんし、犯人につながる手掛かりもありませんが」

続けて霧崎は三枚目の死体検案書を指さす。

「縊死《いし》——首吊《くびつ》り自殺です」

祝依の背筋が思わず伸びた。

「七ヶ月前。場所は八王子市上恩方《かみおんがた》町。道から外れた林の中です。小ぶりな木の枝に縄をかけた、非定型的縊死です」

助清と戸丸は顔を見合わせる。

「それって……この前の配島と同じじゃん」

「ですよね。でも、まさか……」

「亡くなったのは六十代男性。名前は熊谷和人《くまがいかずひと》。聞き覚えはありますか？」

全員記憶を辿《たど》るが、特に思い当たる節はない。

「八王子医科大学附属病院で清掃業務にあたっていた方です」

助清と戸丸が「えっ」と声を上げる。

「私も名前は存じあげませんでしたが、顔に見覚えがあります」

霧崎がスマホの画像を見せたが、助清と戸丸はうーんと唸るだけだった。

「正直、記憶にないなあ……」

「ですね。僕もちょっと……申し訳ないですけど、普段意識してないです」

「委託している業者に確認を取ってみましたが、八医大病院に勤めていたのは、七年前から四年前まで。それ以降は別の病院で勤務していたそうです」

「じゃあ、霧崎ちゃんは……何か関係があるって思ってるんだ？」

「かも知れません。単に練習台として都合が良かっただけかも知れませんし、ついでに口を封じたいという思惑があったのか……いずれにしろ想像の域を出ませんが、八医大病院にいた期間に何かがあった可能性も捨てきれません」

「分かった！」

助清が自信満々に叫んだ。

「やっぱ五年前のアレじゃん！　プロポフォール過剰投与の件！　時期的にも重なるしさ、この人も配島も、院長が口を封じたんじゃない⁉」

「ちょ、助清さん。口封じって……まさか院長が殺したって言うんですか？」

慌てる戸丸に、助清は得意そうな笑みで答える。

「そうは言ってないけどさ」

「言いましたよ！　今！」

猫屋敷はニマニマとした笑顔でやり取りを見つめている。

「いいね、いいね。盛り上がってきた！　それじゃカギは五年前の事件ってわけね？

でしょ刑事さん？」

友達同士のお喋《しゃべ》りなら何とでも答えられるが、警察の一員としては迂闊《うかつ》な言動は避ける必要がある。

「まあ、可能性の話であれば……ただ、証拠があるわけでもないので、断定は危険だと思います」

そう答えながらも、頭の中で高垣院長が配島を殺害しているところを想像している。出来るか出来ないかで言えば、可能な気がする。高垣にはアリバイがある。しかし、証言するのが病院の部下と家族ではあまり当てにはならない。

アリバイについて考えていると、戸丸も同じ事を口にした。

「だったら高垣院長のアリバイとかどうなんですかね？」

「配島が殺害された可能性が最も高いのは、夜中の零時から二時前後。高垣院長は病院で十一時半過ぎまでミーティングをして、零時前には病院を出たそうです。帰宅したのは零時十五分。本人は細かい時間まで覚えてはいませんでしたが、病院とご家族に確認を取りました」

助清が、あーと声を上げた。

「でもミーティングって、今じゃリモートじゃん」

「え？」

「ですね。最近は同じ院内でも対面じゃなくて、WEB越しにやることが多いみたいですよ。まあ、法医学教室は関係ないですけど」

となると、出席する時間は拘束されるとしても、移動時間は省くことが出来る。高垣院長の自宅は、配島のマンションから車で十五分とかからない。事前に首吊りのセッティングまで済ませておけば、犯行は可能だ。

「うーん。そうなるとますます怪しいね？　霧崎ちゃんはどう思う？」

霧崎は口元に指先を当てて、じっと机の一点を見つめた。

「可能か不可能かで言うなら、可能ではないでしょうか。ただ、他にアリバイの成立しない人間もいた場合——」

「あっ！　僕はその日ありますよ！　アリバイ！」

戸丸が嬉《うれ》しそうに手を挙げた。

「いや、戸丸には訊いてないって」

すかさず助清がツッコんだ。

「すみません。何かアリバイがあるのが嬉しくて……」

「分かった分かった、聞いてあげるよ。で、何してたん？」

「僕って冒険が足りないっていうか、小さくまとまっているっていうか、何だか面白みのない人生なんじゃないかって思ったんですよ。で、たまには違うことをしよう。はっちゃけてみようって」

「ほほう！　で、どうした⁉」

「一人で飲み屋に入ってみました！　しかもハシゴです！」

「……訊いたあたしがバカだったよ」

「えっ、何でですか⁉　だって夜中に家を出掛けて朝までですよ？　凄《すご》くないですか？」

褒めて欲しそうな戸丸を無視して、助清はスマホのスケジュールアプリを開いていた。

「ん〜あたしは普通に家でゲームして寝たなー。って、アリバイないじゃん」

悔しそうな助清とは対照的に、猫屋敷が笑顔で手を挙げた。

「あ、ごめん、あたしある。配信してたわ」

助清は「ずるい」と口を尖《とが》らせた。

「リアルタイムで視聴者とやり取りしてたからね。霧崎ちゃんは？」

「ありません。私は基本的に一人ですので」

何かフォローしなければいけないような空気が流れた。

「ま、まあ、あれよ、霧崎ちゃん。そう都合良くアリバイなんてないって」

祝依も微笑んだ。

「そうですね。まあ、あくまで参考ですから……でも、五年前の事件が重要かも知れないのは、信憑性《しんぴょうせい》がありますね」

そうなると、削除された配島の動画を確認したい気持ちが強まる。

「配島のチャンネルにあった動画に、何か気になる点とかありませんでしたか？」

しかし助清も戸丸も、猫屋敷も首を横に振る。

「なんか、ふっつーの動画だったんじゃないかな？　だから記憶にほぼ残ってないんだけど」

「そうですね。僕も……」

猫屋敷が斜め上を見上げ、眉《まゆ》を寄せる。

「んーあたしも見たことあるけど、そんな大したこと言ってなかったと思うけどな」

「覚えている範囲で結構ですので、どんな内容だったか教えてもらえませんか？」

そう尋ねると、猫屋敷は困ったように腕を組んだ。

「うーん、さすがに覚えてないなー。まあ、見つけたら祝依ちゃんに送るよ」

「ありがとうございま……す？」

呼ばれ方に違和感を感じたが、敢《あ》えてスルーした。

猫屋敷流の、親しくなった証《あかし》なのだろう。多分。

† † †

翌日、祝依がデスクに向かっていると、夕方になって相田がやって来た。

「相田さん、今日は泊まりですか」

「ああ」

買ってきた夕食と夜食の弁当を置くと、相田はだるそうに椅子に寄りかかる。

「まー昼間も若松の実家まで行ってきたんだけどな。茨城って近いようで遠いな」

「えっ？　行ってきたんですか？」

「ああ。ツーリングに行ったついでにな。もう一つついでに、三宅にも話を聞いてきた。聞きたいか？」

「もちろんです。でも相田さん、やる気ですね」

「まあな。他殺で確定となったら、すぐに犯人を押さえられるようにしときたいしな」

「そうですね。本部を呼ばずに済ませたいですね……って、今食べるんですか？」

相田は早速弁当の蓋《ふた》を取りながら、若松の実家の話を始めた。

「両親はいい人たちだった。娘の早奈恵のことは今でも愛しているが、もう悲しみは乗り越えたって感じだ。息子がいるのも救いかもな。そいつは地元の国立大学に通ってる。親父さん曰《いわ》く、娘を攻撃した連中は許せないが、それ以上に自殺なんかした娘が許せないそうだ」

虚勢を張っているのかも知れないが、気丈な父親だと祝依は思った。

「繊細な人だったんでしょうか」

「そうみたいだな。元々、人見知りで気が弱い子だったそうだ。だから、看護師なんか務まるのかって心配してたそうだぞ」

「それは精神的にキツそうですね……」

「だから友達も少なかったらしいな。でも、死んでから一度だけ、訪ねてきた友人がいたそうだ」

「それって病院の人ですか？」

「学生時代の友人らしい。両親も初対面だったそうだが」

「そうですか……」

「恋人の話も聞いたことがないとよ。まあ、親に言わねえだろうけど。昨日病院でも訊《き》いてみたが、そっちも知ってる奴はいなかった」

「意外と秘密主義だったんですかね？　それとも勉強と仕事が忙しくて、それどころじゃなかったとか……」

「でも病院内で、割と親しかった奴なら分かったぞ」

「誰なんですか？」

「聞いて驚け、あの地雷系の先生だ」

「霧崎先生が!?」

「親しいっても、霧崎が他の誰とも話をしないのに、若松とだけは話してたってだけらしいけどな。だから余計に記憶に残ってたんだろ」

「そうでしたか……でも、それが配島を殺す動機になりますかね？」

「メンヘラだったとしても無理があるな。実は配島と付き合ってて、振られたんで殺したとかの方が、まだ説得力がある」

「それはそれで無理がないですか？」

「あくまでものの喩《たと》えだ。とはいえ、人間分からないからな。事実は小説より奇なりだ」

そう言われても、やはり配島と霧崎のカップルというのは、あまり想像したくない組み合わせだった。

「若松の方は引き続き調べてみるが、望み薄かもな。次は三宅から聞いた話だが――」

三宅は配島と何度か飲んだことがあったそうだ。

配島は酒好きだが、すぐに酔っ払う。気が大きくなり、饒舌《じょうぜつ》になる。そうなると、訊いてもいないことをべらべら喋《しゃべ》った。

配島は元々医者志望だった。しかし学力が伸びず、私立に行くほどの余裕もないため、国立の医大に落ち続けた。三度目の受験に失敗したとき、両親や周囲の人間からの説得もあり、医者になる道を諦《あきら》めた。

両親との不仲はその頃から始まり、また配島の性格を大きく歪《ゆが》めたようだ。大学を卒業してから小さな編集プロダクションに入り、そこからライターの仕事を始める。ゴシップ記事中心の週刊誌の仕事を十五年近く続け、その後フリーに。同時期にブログを開設。そして五年前から動画配信に移行。それまでの取材経験から得た、芸能界の闇などの動画が人気を博したが、本人がやりたかったのは医療関係者を叩《たた》くことだ。

医者になれなかった怨《うら》みを、今でも持ち続けている。自分がなれなかったものになった人が許せないのだ。

その怨念《おんねん》による取材と動画作成には、配島の性格が如実に表れていた。同じネタを何度も繰り返し、執拗《しつよう》に叩き続ける様は実に執念深かった。世間が忘れかけても、思い出せと言わんばかりに、昔の話題を掘り起こすことも度々あったという。

「――まあ恨まれても当然って感じだが、そこまで大事になった話は知らないそうだ」

「そうですか……動画がらみから追うのも難しいですかね……」

「ひょっとしたら、俺たちが知らない人間関係があるのかも知れないな。近所で諍《いさか》いとか、女か、金か……そういや、奴の金回りはどうなってんだ？」

「神長さんが調整してるはずですけど」

配島の口座の情報を開示するように依頼する、と前に言っていたはずだった。

「まあ、大体のモメ事は金か女だからな。お前も気を付けろよ」

「残念ながら、その心配は今のところありません」

「あの先生はどうなんだ？　足繁く通ってるみたいじゃないか」

「それは仕事ですから――」

その時、祝依のスマホにメッセージアプリの着信があった。

「女からか？」

確かに女性には違いなかった。

猫屋敷「例の動画だけど、ローカルに保存してる知り合いがいたんで送ります」

「え!?」

「どうした？」

「いえ、ちょっと探し物が見つかったので」

怪訝《けげん》な顔をする相田をスルーし、自分のデスクのモニターと向き合う。スマホからファイル転送用のリンクをメールに転送し、デスクのＰＣでダウンロードする。

ファイルは二つあった。まず一つ目を再生する。

『――ってわけで、八王子医科大学附属病院！　こいつはヤベえ！　今ニュースでも話題だけど、このプロポフォール過剰投与で三歳の子供が死んだってのマジ！　こいつは元々子供に使っちゃマズい薬なんだよ。いわゆる禁忌薬ってやつ。そいつを使ってたらしいんだよ。

しかもどーも、今回の件だけじゃないっぽいんだよなー。この病院って、過去に色々やらかしてんの。随分前だけど、院長が葬儀屋と癒着してて大問題になったりさ。そのとき今の高垣って院長に代わったんだけど、こいつも怪しいね〜。いい噂聞かないよ。取材とかじゃいい人ぶってるけどさ、中じゃひどいらしい。

あと、麻酔科の内藤って男が担当なんだけど無能。この二人が独自のオレ理論で、プロポフォールの使用を決めてたんじゃないかってのが、有力筋からの情報。実際、禁忌薬って言っても使わなきゃならない場合ってのがあるらしいんだけど、親族に確認取ったりとか面倒なわけ。それをやってなかったっぽいんだよな。

しかもここからが一番ヤバい！

これは病院全体を揺るがす事態になるかも！　そんくらいヤバいんだけど……今取材中なんで！　次の動画で発表します！

焦《じ》らすな？　あははは楽しみにしててよ。詳細は追って報告します！

病院と医者の闇をどんどん暴いてやるからな！　奴ら自分たちは特権階級で、何をしても許されるとか思ってるんだよ。上級国民のつもりでいやがるクズどもを、正義が駆逐するところを見せてやるからな！』

見終わった祝依は眉間《みけん》にしわを寄せた。

法医学教室の助清、戸丸から聞いた話と同じだ。しかし、高垣と内藤の個人名を出されたのは、本人たちにとっては痛いだろう。

それにしても一番ヤバいネタとは何だろう？

見え見えの引きだが、興味をそそられたのは否めない。祝依はすぐに二本目の動画を再生した。

『新情報公開！　えー前回話題にした、八王子医科大学附属病院のプロポフォール過剰投与の件。これが急転直下、すごい展開を迎えました。

ちょっと想定と違ったんだけど、これはこれで凄《すご》いよ！

何と、裏にいたのは一人の女！

若松早奈恵——看護師で、今回の集中治療室で薬の投与を担当してたんだけど、この女が間違えたというのが真相！

　言ってみりゃ凡ミス。ケアレスミス。薬間違えちゃったー、てへっ！　みてーな感じだけど、子供殺された親はたまんねーよね！　で、ツテを使って色々とこの女の噂を探ってみたんだけど、一言で言うならまードジ？　ぼーっとしてるっつーか、間違いも多いんだってさ。だから今回の件も、いくら何でもそんな大ポカ……でもやりかねないかも……って意見がほとんど！

　なんか院長と麻酔科医も遺族に陳謝してるっぽい。実際は無能な部下のケツを拭《ふ》かされる気の毒な上司ってとこかな。まーでも責任ある立場だから、しょうがないけどね！

次回からは、この女のプライベートにも迫っていこうかな!?　って思います！　乞《こ》うご期待!!』

　弁当を食べ終わった相田が、隣のデスクから首を伸ばしてきた。

「なんだ？　それは」

「例の配島のチャンネルから削除されていた動画ですよ」

　相田にコピーを送ると、すぐに隣の席で同じ動画が再生される。

　確かに、法医学教室の面々や猫屋敷が言っていた通り、特別な情報があるようには思えなかった。しかし、違和感がないわけではない。

「配島は執念深い性格だったんですよね？　それにしては、この件からやけにあっさり引き下がっているなと思いませんか？」

「まあ……そうだな」

「それに、気になることを言ってます。一番ヤバいネタとか、若松のプライベートとか、こんなに期待を煽《あお》るような前フリをしているのに、その話題に触れた動画はありません」

「前に高垣院長が言ったように、訴えられるのを恐れたんじゃないのか？」

「でも、三宅の話からすると、そんなの気にしそうにないですけどね」

「どうだかな……」

高垣院長と内藤部長が語る配島と、三宅の語る配島とで、少し印象が違う。人間は相手によって態度を変えることはよくあることだ。これもそんな程度の話なのだろうか。

「やっぱり何か、八医大病院と五年前の事件に何かありそうな気もします」

「何か根拠でもあるのか？」

「過去に八医大病院で働いていた人が、配島と同じような自殺をしていたりとか」

「なにい？」

祝依は相田に、霧崎のことは伏せて熊谷和人のことを話した。相田は聞き終わると、微妙な顔で頭をかいた。

「しかしな、あそこは大病院だぞ？　一体何人の人間が働いていると思ってる。出入りの業者も入れたら、そりゃあ何年かの間に死ぬ奴もいれば、自殺する奴がいても不思議じゃない」

それも尤《もっと》もな意見だ。色々な事実が錯綜《さくそう》していて、よく分からない。これらに何か筋道はあるのだろうか？　何だか霧崎がもたらした情報が、余計に事態をややこしくしているような印象すらある。そう考え込んだところに、神長がやって来た。

「お疲れ様。ちょっと訊《き》きたいんだけど、配島が使ってたＰＣについて何か話を聞いてない？」

「鑑識が押収したヤツですか？」

「それがさ、最近使った形跡がなかったらしいんだ。で、他に使ってたのがあるんじゃないかって」

「あ……」

祝依は、霧崎に他にＰＣがなかったか、と尋ねられたことを思い出した。

「祝依君、何か思い当たることがある？」

「いえ、霧崎先生に同じ事を訊かれたことがあったので」

「霧崎先生が？」

「おいおい、何であの先生がそんなこと知ってたんだよ？」

「いえ……分からないですけど」

「何か、隠してるんじゃないのか？　あの先生」

「隠すって……一体何をですか」

神長も何か考え込んでいる様子だった。

「ＰＣ以外にも気になる点があってね、配島の部屋で携帯電話は見つかってたんだけど、いわゆるガラケーなんだよね。こっちは実際に使っていたみたいで、通話履歴もあるんだけど……スマートフォンは使っていなかったのかな？」

「それは確かに……」

確かにガラケーが好きで使っている人はそれなりにいる。しかし、ネット配信もしている男がスマホを持っていないというのも、不自然な気がした。

「仮に使いやすいからガラケーが好きだったとして、それなら尚更《なおさら》ＰＣが必要だと思うんだけど」

「ですね……配島と接触したことがある奴らに訊いときます」

神長はメガネの位置を直すと、話題を変えた。

「もう一つ連絡。配島さんの口座の入出金の確認が取れたよ」

「どうでした？」

「残金、数万円といったところ。最近はまともにライターの仕事もしていなかったようだし、配信もそこまでのアクセス数を稼いでいるわけではないしね」

「収穫なしですか……」

がっくりと肩を落とした相田に、神長はにっこり微笑んだ。

「だけど、過去に大きな金額の振り込みがあった。配島さんは、その時の貯金を切り崩して生活していたようだね」

大金の振り込み。

祝依と相田は、思わず顔を見合わせた。

消された動画。そして底を尽きそうな生活費。

何かがつながったような気がした。

「……それは誰からの振り込みだったんですか？」

「それはね――」

神長はその人間の名前を口にした。

† † †

霧崎は八医大病院の廊下を歩いていた。すれ違う医師や看護師の驚きの視線を無視し、まっすぐ正面だけを見て歩く。そして一つの扉の前までやって来た。

ドアをノックすると、「どうぞ」という声が返ってくる。

部屋に入ると、昔一緒に仕事をしたことのある人間が待っていた。

「ご用でしょうか？　内藤先生」

内科部長の内藤は椅子の背に体を預け、悠々とした態度で座っている。しかし表情に余裕はなく、額に汗が滲《にじ》んでいた。

「用があるのは君の方なんじゃないのか？」

「……おっしゃる意図が分かりません」

内藤はイライラした態度を隠せない。指先を忙《せわ》しなく動かしていた。

「君は私に何か言いたいことがあるんじゃないか？　ああ？　怨《うら》みでもあるんじゃないのか？」

「…………」

返事をしない霧崎に、内藤は勝ち誇ったような顔をした。

「それ見ろ！　やっぱり君だ。君なんだな!?」

霧崎は人形のように表情を変えず、身動《みじろ》ぎもしない。

「……内藤先生の意図を汲《く》み取ることが出来ませんでした。お手数ですが、直接的な表現で再度お伝え願えませんでしょうか」

内藤は深い溜《た》め息を吐いてから、イライラした様子で口を開く。

「配島が死んだことで、警察が何度も私のところに来ている。高垣院長のところにもだ。その刑事が、法医学教室に出入りしていることくらい分かっている」

「はい。配島さんの解剖を執刀致しましたので。そのことについて、意見を求められることがありました」

「何かを企《たくら》んでいるんじゃないのか？　警察を焚《た》き付けて、私たちに復讐《ふくしゅう》でもしようっていうんじゃないだろうな!?」

「……復讐？」

人形のような冷たい瞳《ひとみ》が内藤を見据えた。

「復讐されるような覚えがあるのですか？」

「……く、あるわけないだろう!!」

内藤は興奮して、椅子から身を乗り出す。

「だが、君が逆恨みしているのは知ってる！　ハッキリ言うが、君のお父さんの件は、私は無関係だ！　あの事件のことも勿論《もちろん》そうだ！」

霧崎は何のことか理解したように「ああ」と声を漏らす。

「父のことを仰《おっしゃ》っているのなら、考え過ぎです」

「……っ！」

「しかし、配島さんのことで、内藤部長がそこまで興奮されるとは思いませんでした。もしかして――」

内藤はぎくりとして、思わず息を呑《の》む。

「五年前の医療過誤のとき、何かあったのですか？　当時、私はまだ配属されたばかりでしたし、公式発表の内容程度の知識しかありませんが」

「……………」

「ただあの後、法医学教室への異動を勧められました。半ば強引に決められたのは、少々意外でした」

「そのことを怨みに思っているのか……」

「いえ。嫌ではありません。むしろ今の職場は自分には合っていると思っています。ただ、異動の理由については興味がありますが」

「それは……人事のことなど私は知らん。単に、法医学教室に人手がなかったからだろう。君の資質を、見抜いていたということだ」

「そういえば――」

「何だ」

「その直後でしたね。カルテが紙から電子に移行したのは」

「……っ」

内藤の額に脂汗が浮かんだ。

「君は一体何を狙っているんだ？　何が欲しい？　ハッキリ言ったらどうだ!?」

霧崎はじっと内藤を見つめた。

「どうした？　何か言ったらどうだ!?」

「すみません。先生は少しお疲れのようですので、今日のところは失礼致します」

「……くっ！」

霧崎は頭を下げると、部屋を出て行った。

「くそぅ！　あいつ……この私をバカにするような態度を！」

初めて会ったのはどこだったろう？　確か、先輩のホームパーティだった。山中湖《やまなかこ》の別荘で、先輩の娘が駆け寄って来て挨拶《あいさつ》をしてくれた。可愛らしい少女だった。それが今、自分に襲いかかろうとしている。

「くそが！」

思わず拳《こぶし》で机を叩《たた》く。その瞬間に、スマホからメールの着信音が鳴った。

震える手でスマホに触れると、メールアプリが立ち上がる。

差出人――♀。

アドレスは配島のものだ。しかし、ＩＤとパスワードさえあれば、誰でもメールを送ることは出来る。恐らく、配島を始末したときに、手に入れていたのだろう。

霧崎め……どこまで人をコケにすれば気が済むんだ！

内藤はデスクの上に置いてあった、音声レコーダーのスイッチを切る。

証拠を摑《つか》もうと思い、会話を録音していた。しかし霧崎はそれに気付いていたか、警戒していたのか、話をかわしてばかりだった。そして、わざわざ部屋を出てからメールを送ってきたに違いない。

血走った目で本文の文字を読んでゆく。

『ゆっくりとお話ししたいことがあります。決して損はさせません。私はあなたの敵ではないのです。つきましては、先日お借り頂いた部屋で二人だけでお話しさせて頂けませんでしょうか。その部屋は、今後の会談の場所として使用したく思っております』

本文を最後まで読み終えると、内藤はじっとりとした目で視線を上げる。

前に送られてきた脅迫メール。その内容に従って部屋を借りた。立派なマンションでも要求されるかと思ったが、人気《ひとけ》のない場所にあるアパートの一室だった。

そこで一体、何をしようというのか。

だが、相手は女だ。腕力なら自分に利がある。あんな場所で二人っきりで会いたいとはどういうことか。

もしかしたら……と、それまで想像もしていなかった期待も膨らむ。

自分には妻も子もない。だから障害となるものは何もない。

いや、待て。あんな傷物の女より、もっと大切なものがあるだろう。

改めて、部長室を見回した。

この部屋の主《あるじ》であること。それが何より大事だ。

だから高垣に何を言われても、しがみついている。

今まで大人しくやって来たが、この立場を利用すれば、もっといい思いが出来るのではないか？　そうだ。霧崎の娘などに弱みを見せてはならない。

ここが自分に残された最後の城なのだ。

失うわけにはいかない。

——消さなくては。

あの事実を。

このメールを送ってきた人間を。

そうすれば、安心が手に入るのだから。

†　†　†

内藤が姿を消して、三日が過ぎた。

「配島の口座に大金を振り込んだのは、八医大病院の内藤だったよ」

編プロからの支払ということになっているが、実際はペーパーカンパニーで代表者は内藤になっていた。

翌日、病院を訪ねたが内藤は休みだった。自宅の方にも行ってみたが、返事はない。それから毎日訪ねてみたが、病院は無断欠勤が続いている。自宅の方も、最初は居留守かと思っていたが、どうやら本当に不在のようだった。つまり――

内藤が消えた。

行方不明者届が出され、祝依たちも目撃情報がないか当たったが、収穫はなかった。

「あの野郎。危険を察知して、逃げやがったな」

内藤の自宅近くで聞き込みをしている最中、相田は暇があると文句を言った。

「でも、どこに逃げたんでしょうね」

「奴の実家は徳島だったな？　いや、そんなすぐ思い付きそうなとこに行かねえか」

「ってことは、自分に縁のない場所を選んで逃げたってことですかね」

「でもま、これで内藤が配島殺しの犯人だって白状したようなもんだ。そうそう逃げ切れるもんじゃねえ。捕まるのは時間の問題だろ」

　八王子警察の中では、内藤は配島に脅迫されていた、という見方でほぼ確定していた。五年前の事件で何か弱みを握られ、それをネタに強請《ゆす》られていた。しかしそれに耐えられなくなり、内藤は配島を殺した——というわけだ。

「内藤なら、犯人が法医学的知識を持っていたことも納得いきますし、配島に飲ませた薬も手に入りやすかったでしょうね」

　病院内での聞き込みも行ったが、特に収穫はなかった。高垣院長にも尋ねたところ——

「居場所など、こっちが知りたいくらいだ！」

と、逆上したように怒鳴られた。確かに高垣にとっては頭の痛い状況だろう。またも院内で不祥事、それも責任あるポストの人間、しかも医療過誤ではなく、医療的知識を駆使した殺人ともなれば、一大スキャンダルだ。

　法医学教室の面々にも、事情を話して情報がないか訊《き》いてみた。

「えええええ⁉　マジであの内藤⁉　あのポチが⁉　信じらんない‼　いやでも、ああいう大人しそうな人が実は……っての、ありそう‼」

　助清は興奮して早口でまくしたてた。

「ホント、驚きました……っていうか、信じられないです。何かの間違いなんじゃゃ……」

　戸丸も大いに驚いていた。そして霧崎は——

「肋骨剪刀《ろっこつせんとう》を」

「はーい」

いつもと変わらぬ様子で、運び込まれた遺体を解剖していた。今日の遺体は、突然死をした三十代の男性だった。

「それで、内藤の行方を捜査中なんですけど、皆さん心当たりはありませんか？」

「知るわけないでしょ」

「すみません、お力になれず……」

霧崎は切り開いた内臓を見つめながら答える。

「私も、特に心当たりはありません」

病院は上を下への大騒ぎのはずだが、霧崎はどこ吹く風。むしろいつもより機嫌が良さそうなくらいだった。

「そうですか……あ、いえ。ご協力ありがとうございました。遅かれ早かれ、見つかると思います。人一人隠れて暮らすのは大変ですから」

あとは本人を捕まえて、取り調べをするだけ。事件解決まで、あと一歩なのだ。

それなのに内藤は見つからなかった。

どこを捜しても見つからず、目撃報告も上がってこない。

しかし、姿を消して一週間後。

唐突に、内藤が見つかった。

それは五日市《いつかいち》署からの報告だった。

古いアパートの一室で、内藤の遺体が発見された。

一酸化炭素中毒による自殺だった。

† † †

「で、五日市署は何と言っているんですか？」

祝依の質問に、神長は肩をすくめた。

「死因は練炭による一酸化炭素中毒。自殺で間違いなしと判断した。滞りなく処理する、ってさ」

相田がキレたように叫ぶ。

「はぁ!?　ふざけんな!!　こっちのヤマに出しゃばってんじゃねーよ!!」

言い方はともかく、祝依も同意見だった。現場には遺書があり、そこに配島殺しの自供が書かれていた。これで犯人は、内藤で確定である。

「気持ちは分かるけどさ、向こうの管轄だしね……」

内藤が発見されたのは、あきる野《の》市。八王子署の管轄ではなく、五日市署の管轄だった。現場を見せて欲しいと要請はしたが、やんわり断られた。

「死体が発見されたのは、築四十年のアパート。周囲は空き家も多く、このアパートもほぼ空き室だね。人が少ないところだから、内藤さんが出入りしていたところを見た人もいないらしい」

一応、五日市署が調べた報告書と死体検案書は送られて来た。

しかし、自殺で間違いないとの一点張り。当然、解剖など頭にない。

「あとこれが所持品の一覧。これといってめぼしいものはないけど、スマホとノートPCは気になるね。中身を確認させて欲しいって依頼してる」

ノートPC？

「自殺する直前まで仕事ですか？」

「それが病院のものではないし、私物でもないらしい。気になるから、こっちで調べさせてくれって頼んでるんだけど、何か渋っててさ」

「自殺じゃない証拠が出て来たら奴らも困るでしょうから、廃棄とかしちまうんじゃないですか？」

「流石にそれはないよ。こちらによこさずに、遺族に返すかも知れないけど。そしたら、それを借りに行く形になるね」

「了解です」

「遺書もあったし、自殺には違いないとは思うけどね」

その時、デジャヴのような感覚が祝依の中に湧き起こった。

古いアパートでの一酸化炭素中毒……。

「すみません、その遺書って自筆ですか？」

「いや、ＰＣの中にテキストデータがあったそうだ」

自筆ではない遺書。

「……窓や入口のドアに目張りとかはしてあったんでしょうか？」

「してあったみたいだね。ガムテープで」

「入口の目張りは、しっかり貼られていたのでしょうか？　ドアを開けるときに苦労したとか」

「それも分からないな。第一発見者は、臭いに気が付いた同じアパートの住人だって。扉にカギはかかってなかったそうだよ」

同じだ。

霧崎が調べた、過去の不審な自殺と。

「これって何とか解剖出来ないですか？」

「それは無理かな」

「そこを何とか……」

「だって、今日の十四時半から火葬だから」

時計を見ると、ちょうど十四時半だった。

†　　†　　†

「皆様、本日は誠にありがとうございました。これより告別式から、火葬へと移らせて頂きます。ご遺族の方は、待合室の方へお願い致します」

喪服を着た猫屋敷が、しっとりした声で葬儀を進行させている。色味は普段着と同じだが、今日は黒スーツ。それにいつもの軽い口調ではなく、穏やかな喋《しゃべ》り方をしていて、しめやかな雰囲気を醸し出している。

内藤祐二の葬式は、八王子市内の葬祭場で行われた。ここで内藤は遺骨となり、遺族が先祖代々の墓のある徳島県の寺へと連れて行く。

告別式とは言ったものの、内藤の遺体は死後一週間放置され、損壊が酷《ひど》い。棺《ひつぎ》の蓋《ふた》は閉じられたままで、最後のお別れは遺影とすることになった。

さすがに大病院の部長を務めただけあって、医療関係者の参列が多い。その中には、喪服を身に着けた霧崎の姿もあった。

「霧崎くん。ちょっといいかな」

一人の男が、送迎のバスに乗ろうとした霧崎を呼び止めた。

「……高垣院長」

「手間は取らせない。バスに乗れないのは申し訳ないが、自宅までのタクシー代は払わせてもらうよ」

「…………」

霧崎はバスから離れ、高垣の後を付いてゆく。そして山々を望む眺めのいい庭へとやって来た。辺りに人影はなく、話を聞かれる心配はなさそうだった。

「それにしても、内藤が自殺とは驚いたね。しかも配島さんを殺したとは……今でも信じられんよ」

「……そうですね」

高垣は探るような目を霧崎に向ける。

「知人の葬儀というのはつらいものだな。君のご両親の葬儀もそうだった」

高垣は霧崎の反応を待つように言葉を句切るが、霧崎は無表情のまま、口を開く気配もない。高垣は溜《た》め息を吐くと、視線を逸《そ》らした。その先には、忙しそうに動いている猫屋敷の姿がある。

「あれ以来、私は葬儀屋が嫌いになったよ」

「……ご用件は何でしょう？」

霧崎の声に、かすかに鋭さがある。

「ここしばらく内藤の様子がおかしかった。私は、内藤が何者かに脅迫されていたのではないか……と考えている」

「脅迫？」

「何か心当たりはないかな？」

高垣が霧崎に視線を戻すと、まっすぐに見つめる瞳《ひとみ》が向けられていた。

「ありません」

「内藤が失踪《しっそう》する前、君は内藤と会っていたね。どんな話をしたんだい？」

「支離滅裂なことを仰《おっしゃ》っていました。今思えば……脅迫されてパニックに陥っていたと考えると、納得がいきますね」

霧崎のまなざしが、微《かす》かに険しくなる。

「一体、誰に脅されていたのでしょうね」

「想像もつかんな……もしかしたら、思ったより近くにいるのかも知れんが」

そう答えると、高垣も眉《まゆ》を寄せた。

「いや……やはり心を病んでいたのかな。まだ五年前のことから立ち直れていなかった、ということか」

「プロポフォールの過剰投与の件ですか」

「ああ。あいつはずっと心を痛めていた。しかし、いつまでも沈んでいるわけにもいかんだろうと思って、強引に引っ張り上げたが……結果的には、あいつを追い詰めることになってしまったのかも知れん」

「けれど、高垣院長にとっては望ましい結果ですね」

「……なに？」

高垣は片眉を上げて霧崎を睨《にら》む。

「高垣院長の周りで人が死ぬ時、高垣院長が困ることはありません。逆に、常に利益を得ています」

「内藤が死んで、どうして私が利益を得る？　困ることだらけだ！　こんなスキャンダルを喜ぶ奴がどこにいる⁉」

「それを補って余りあるメリットがあります。内藤部長は配島殺しの犯人として認識されています。このまま捜査が進めば、恐らく内藤部長の単独犯で決着。死人に口なしです。内藤部長と高垣院長の関係について、追及することは出来なくなりました」

「実際に、私と内藤は上司と部下というだけだ。内藤の犯罪とは関係がない。あいつがそんな罪を犯していたことに、一番ショックを受けているのは私だ」

「内藤部長の自殺は、本当に自殺だったのでしょうか？」

「……何だと？」

「過去に八医大病院で清掃業務をしていた、熊谷和人さんも首吊《くびつ》り自殺をしていました。彼も本当に自殺だったのでしょうか？　熊谷さんは廃棄物の処理を行っていました。何か不都合なものを見てしまう可能性も高かったと思います」

「おい……いい加減にしろ。昔世話になった人の娘だからと言って、調子に乗るな」

高垣の紳士的な態度が消え、剝《む》き出しの感情が表れた。

「お前は、私が霧崎先輩の不幸によって、後釜《あとがま》に座ったことが気に入らんのは知っている。それで私に反抗的なのだろう？　だがそれはただの思い込みだ。八つ当たりのようなものだ」

「………」

「そんな態度で、病院のようなチームで働く仕事が務まるはずがない。だからお前を法医学教室へやった。それも逆恨みしているのだろう？　だが、全ては身から出た錆《さび》だ。反省するがいい」

霧崎の表情は変わらない。じっと高垣を観察するように見つめている。その視線が、心の内を覗《のぞ》かれているような錯覚を呼び起こす。

「先輩夫婦が亡くなったのは、私のせいではない。院長のポストが空席になったとき、たまたま一番近い位置に私がいただけだ。まだ若く経験も浅い内に、そんな重責を背負わされて……私がどれだけ苦労をしたと思っているんだ」

高垣はその場を離れようと、踵《きびす》を返す。その背中に霧崎が話しかけた。

「配島さんを解剖しましたが、肝硬変が進んでいました。今すぐではないにせよ、放置しておけばそう遠くない未来に死んでいたでしょう」

足を止め、高垣は言い返す。

「彼が、我々の言うことを無視したからだ」

「そうですね。配島さんの死亡現場を確認しましたが、食生活の改善に取り組んでいるようには見えませんでした。それほど大きな問題ではないと診断し、一応口先だけの指導を行っていたのでは？　本人が危機感を抱かない程度に」

「妄想だな」

「配島さんは五年前、医療過誤の件で病院に来たことがありましたね？　そのとき、高垣院長と内藤さんの三人で話をしていた記憶があります。あのとき、何の相談をされていたのですか？」

「ネットでつまらん妄言を垂れ流すなと、クレームを入れたんだ」

「そんな相手の主治医をされていたのですか？」

「患者は医者を選べるが、医者は患者を選べん」

「少し調べてみたのですが、配島さんはそれ以降ろくに仕事をしていません。住んでいたマンションも、その頃購入したようです。何か臨時収入でもあったのでしょうか？」

「知るはずがないだろう」

「ええ。恐らくは高垣院長の口座を調べても、何も出てこないと思います。でも内藤部長はどうでしょう？」

「……」

「内藤部長は一度退職しています。公表はされていませんが、退職金としてまとまった金額を渡し、内藤さんの口座を経由して配島さんに渡したのでは？」

　高垣院長は大げさに溜め息を吐いた。

「そんなことをする理由がどこにある」

「きっと弱みを握られてしまったのでしょう。しかしその後も配島にお金を無心され、あなた方は困ってしまった。このまま一生たかられるのも嫌だし、秘密を暴露されても困る。そう考えると、彼が自殺したのはまさに僥倖《ぎょうこう》という他にありません」

「……お前の妄想に付き合わされる、こちらの身にもなれ。そもそも、五年前に一体何があったというのだ。真実は全て公表した。責任も取った。これ以上、一体何があるというのだ？」

「公表された情報が事実とは限りません」

「何だと？」

「あの時、私はまだ研修中でした。執刀中はほぼ見学でしたし、患者がＩＣＵに入ってからのことは分かりません。けれど今から思えば、なぜ看護師の責任になったのか不思議です」

「……若松のことか？　一体何が不思議だ」

「彼女もまだ経験が浅く、指示に従うことしか出来なかったはずです。単純なミスというお話でしたが、どう考えてもプロポフォールを他の薬剤と間違えるとは思えません。どうすれば間違えることが出来るのですか？」

「そんなもの、若松に訊《き》いてみなければ分からん」

「まさに死人に口なし、ですね」

高垣院長はあまりの怒りに、鬼のような表情を浮かべた。

「そうか、お前は若松と仲が良かったな。人間嫌いなお前にしては珍しかったから覚えている。そうか……そういうことか」

「……」

「怨念《おんねん》の女……いや♀《メス》か」

高垣は顔を歪《ゆが》め、あざ笑うように霧崎を睨む。

「♀の記号は、胸に刻まれたお前の紋章だったな」

そう言い残すと、高垣は足早に去って行った。その背中には殺意が宿っているかのようだった。

霧崎は無意識に、胸元を押さえた。

Someone's Perspective 3

内藤を殺すのは簡単だった。

あの男は勉強は出来るが、人との駆け引きが圧倒的に下手だ。そして臆病《おくびょう》で警戒心が強い割に、騙《だま》されやすく、人を信用しやすい。

内藤に借りさせた部屋に呼び出し、アパートの外で待った。正体を先に見せれば、内藤も安心しやすい。そして適当な嘘を並べ立てる。苦境に立たされていて、どうしてもこの手順が必要だった。そう言って、いかに自分が弱い存在かをアピールする。

なぜなら内藤は臆病だからだ。

自分の方が強い。恐れることはない。そういう気持ちを抱かせる必要があった。

そしてメールに書いたとおり、内藤にとってもいい話であると伝える。目立たないこの部屋を作戦室にしたかった。大病院の偉い人が、こんなところに出入りしているなんて、誰も思わない。二人っきりで会いたかった。

おだてているとすぐに気を許した。耳当たりのいい言葉を並べ立てたので、何か妙な期待をさせたかも知れない。

場が温まったところで乾杯。以上。

これが今生の別れの杯と気付くはずもなく、眠りに落ちた。

そして後はきっちりと目張りをして、押し入れに用意してあった練炭を燃やして、さようなら。

あと遺書を忘れずに。配島殺しを背負って頂きましょう。

これで一酸化炭素中毒の死体、一丁上がり。

しかし休む間はない。

すぐに次の準備に取りかからなければ。

夜の街を歩きながら、スマートフォンを取り出す。

作るのはポエム。

詩は素敵だ。とてもロマンチック。今夜みたいな月の綺麗《きれい》な夜にはぴったりだ。

冷たい夜の空気のおかげで、頭が冴《さ》える。

よし、出だしはこんな感じで。

『我、王家を生贄《いけにえ》に捧《ささ》げる
汝《なんじ》、玉座を与え給《たま》え』

PART 4

白い壁に囲まれたカウンセリングルーム。

モダンで無機質。そのシンプルさが、頭の中をクリアにしてくれる。しかし、冷たい感じはしない。それはこの部屋にいるカウンセラーがまとう、温かい雰囲気のせいだろうか。それとも机の上に置いてある、可愛らしいぬいぐるみのせいだろうか。

右にライオン、左に犬と、まるで机に座る主人を守る狛犬《こまいぬ》のようだ。

「いかがですか、霧崎さん。最近はよく眠れていますか？」

「……はい、おかげさまで。白崎《しろさき》先生」

そう答えると、若い男性のカウンセラーは嬉《うれ》しそうに微笑んだ。

ここは上野《うえの》にあるメンタルクリニック。地元ではなく、敢《あ》えて遠い場所を選んで通院している。八王子の近くでは、何となく見張られているような気がしてしまうからだ。患者の情報を他の病院に言いふらすこともないだろうが、何かの拍子に医者や看護師が口を滑らせることもある。

とはいえ医療関係者同士、どこでつながっているか分からない。それでも物理的な距離が離れているだけで、何となく安心出来る。そのわずかな安心のために、わざわざ遠くまで足を運んでいた。

「霧崎さん。最近、何かいいことでもありましたか？」

「え？」

「何だか機嫌が良さそうでしたので。雰囲気が明るいといいますか」

この白崎というカウンセラーは勘が鋭い。いや、相手の雰囲気を察するのが上手《うま》いのか。感情を表現するのが苦手な自分のことも、不思議と見抜く。さすがはプロのカウンセラーといったところだろうか。

少し悩み、当たり障りのないでまかせを口にする。

「実は、この後美術館に行こうと……」

「ああ、それはいいですね。そういえば、アメ横《よこ》にも広告がずらっと並んでいたなあ……。霧崎さんは美術とかお好きなんですか？」

「詳しくはありませんが……」

嫌いではない。日常から切り離された世界というのは安心出来る。美術館は普段の自分とは縁のない空間。静かで穏やかで秩序がある。そこにいる人間はみんな作品に意識を向けていて、他人に注意を払わない。他人がいる煩わしさがない。そこが気に入っている。

「抗うつ薬も、睡眠導入剤も必要なさそうですね」

「はい。前に頂いたものも、途中から飲まなくなって……捨ててしまいました」

カウンセラーは、さらににっこり微笑んだ。童顔のせいだろうか、見ていると不思議と心が穏やかになる笑顔だった。ふと心がゆるみ、なぜか質問をしてしまった。

「白崎先生……幽霊って存在すると思いますか？」

「えっ」

少し驚いた後、神妙な顔をして考え込んだ。

「そうですね……いると思います」

意外にもはっきりと返事をした。自分の周りには、オカルトを信じる人間が多いらしい。

「でしたら、殺された人の霊だけが見える……というのは信じられますか？」

今度はやや面食らったような顔をして、うーんと唸《うな》った。

「もしそうだとしたら、何か聞いて欲しいことがあるんでしょうね。伝えたいこととか、思い残したことを」

かなりの無茶振りのはずだが、さすがはカウンセラー。ちゃんと受け止めて、真面目に考えているのは凄《すご》いと感心した。

白崎は、少し緊張感を感じさせる声で訊いた。

「霧崎さんは幽霊が見えるのですか？」

「いえ……そういうことを言う人がいたものですから」

白崎はわずかに心配そうな様子でうなずいた。

「もし不安や恐怖を感じるようでしたら、すぐにご連絡ください」

もしかしたら、幻覚が見えていると誤解を招いたかも知れない。統合失調症を疑われたかと若干の後悔を覚えながらも、メンタルクリニックを後にした。

カウンセリングで答えたとおり美術館に行ってみようと、不忍池《しのばずのいけ》の周りを散歩がてら足を向ける。池の畔《ほとり》に冷たい風が吹き抜け、頬を撫《な》でてゆく。もう十二月も半ばなので、寒いのは当然だ。少し冷えるが、この冷たさが気持ち良くもある。

長い階段を上り上野公園へ。美術館はもうすぐだ。

美術館は一人で行くにはとてもいい場所だ。と言うよりも、元から複数人で行くような施設ではない。美術は静かに鑑賞するものであり、会話はひんしゅくを買う行為だ。だから複数人で行く人の気が知れない。

同じような施設は他にもある。例えば映画館。これも誰かと一緒に行く意味が分からない。見終わった後で感想を語り合えるから、と説明されたこともあるが、やはり理解出来ない。映画は自分がどう感じたかが重要であって、他人と感想を交換し合うことに意義はない。一緒に行った人間が、どういう感性や思考を持っているか理解の助けになるかも知れないが、どんな人間か知りたいなら、他にもっと適切な手段がある気がする。

仮に娯楽として意見を交わしたいのなら、ネットで語れば良い。そのためだけに他人と一緒に行くのは、行動に制約も生まれるなど無駄が多い。

水族館、テーマパーク、レストランなど、なぜか世間では一人で行くと肩身がせまいようなイメージを持たれる施設が多くある。それが不思議で仕方がない。

友達が大勢いる方が偉い。恋人がいる方が凄い。結婚して、子供がいるのは素晴らしい。一人は恥ずかしい、みっともないという洗脳じみた価値観に辟易《へきえき》する。

世の中には一人を好む人間もいる。

そんなことを考えながら歩いていると、美術館に到着した。中に入ると、入口近くにクリスマスツリーが飾られ、カップルが並んで自撮りをしている。

自分には縁のないイベントだ。その日は仕事をして過ごすか、自宅に引きこもるかのどちらかしかない。

子供の頃、まだ両親がいたときは楽しみにしていたイベントだった。クリスマスツリーの飾り付けも楽しかったし、プレゼントも嬉しかった。クリスマスケーキもとても美《お》味《い》しかった。遠い過去の思い出だ。あの頃の自分と、今の自分とでは、まったくの別人と言っていい。

自分はこのまま、死ぬまで一人でいい。

誰かと親しくなっても、秘密を打ち明ける気にもならない。

この傷だらけの体を見せる気にもならない。

いっそ、今年のクリスマスは一人でやってみようか。ワインとチキンとケーキを用意して、一人でお祝いするのも悪くない。

その時、ふと最近知り合った刑事のことを思い出した。

祝依然。

なぜ？　と自問して、すぐに気が付いた。

おいわい――祝依。

彼のことが頭に浮かんでしまったのは、単なる言葉の連想。それ以上の意味や、感情などあるはずがない。珍しく最近知り合った若い男というだけだ。

しかし、観察する対象として、彼が気になっているのは事実だ。殺された人の霊が見える――なんて不思議なことを言う刑事は彼くらいのものだからだ。つい彼のことを目で追ってしまったり、ふとした瞬間彼のことを考えてしまうのは、それが原因に違いない。ああ、それと殺人死の見逃しは許せないという姿勢も好ましい。

それに彼は過去を打ち明けてくれた。本人にとっては、つらい思い出なのに。

でも少し羨《うらや》ましく感じもした。

なぜなら、自分は打ち明けたくても、一番つらい過去を覚えていないからだ。

その前後は覚えている。

しかし、あの空白の一日。

その日にあった惨劇。

その部分にだけ、記憶にノイズが乗っている。はっきりと思い出せない。

あまりにつらい思い出は、無意識に記憶を封印してしまうことがある。そう子供の頃に、精神科の医者から説明を受けた。無理に思い出そうとしなくていい。いずれ自然に思い出す。そう言われて二十年近く。未《いま》だに記憶は蘇《よみがえ》らない。

思い出せるのは、断片的で、あやふやなノイズ混じりの映像。山中湖の別荘で、両親と私の三人で過ごした日。あのとき両親と自分以外に、誰かがいた。

その誰かが両親を殺し、私の体に消えない傷を付けた。しかし警察は、子供のあやふやな記憶など、重要とは考えなかった。夢でも見たか、恐怖や辛《つら》さをごまかす為の偽りの記憶と断定された。

だから警察は当てにならない。後になって、現場に沢山の証拠が残っていたはずだと気が付いた。しかしそれらは全て荒らされ、捨てられ、無視されていた。そんな不手際を隠蔽《いんぺい》するように、警察は全て事件は終わったものとして片付けた。

だから警察は信用出来ない。他人は信用出来ない。

信用出来るのは、死んだ人間だけだ。

だから私は自分の手で犯人を見つけなければならない。

そして復讐《ふくしゅう》を果たさねばならない。

両親を殺し、私を切り刻んだ何者かに。

自分は復讐に囚《とら》われている。しかしそれが正気を保つモチベーションだ。

だが、手掛かりは見つからない。

もし……祝依が本当に殺された霊が見えるのならば、私の両親の姿は見えるのだろうか。万が一にも、会話が出来たりしないのだろうか。

いや……そんなことを考えても意味はない。無駄な思考だ。

両親の姿を見ても、それは写真を見るのと変わらない。いや——それどころか、つらい気持ちになるだけな気がする。

それよりも、今はやることがある。

過去を振り返っても、自分には何もない。自分はもう取り返しが付かない。こういう人間になってしまった以上、このまま突き進むしかない。

成し遂げる。必ず。

† † †

高垣は院長室の窓から、夕映えの美しい山々を眺めている。

そろそろ帰宅の時間だった。妻と娘のいる自宅が妙に恋しい。少し早いが、カバンを手にすると院長室を後にした。

以前は家庭というものが鬱陶《うっとう》しく思っていた。ある程度の年齢になれば結婚するものと思っていたし、相手も美人で自分の好みに合っていた。しかも親は医師会の重鎮だ。これ以上は望めない相手だった。こいつなら自分のステイタスを上げる役に立つ。家族とは道具であり衣装。世の中で上に立つため、自分の価値を高めるもの。そういうものだと思っていた。

しかし、結婚してしばらくすると、自分の時間と労力を奪われることに嫌気が差した。家に帰るのが億劫《おっくう》になり、子供のことを考えると気が重くなる。仕事を理由に遅くまで帰らず、夜の店でストレスを発散させていた。

そんな時期もあったが、今では家族や家庭がかけがえのないもののように感じる。同じ人間でも、時が経つところも考え方が変わるものかと驚く。

ここまでのし上がるのに、自分も色々なことをしてきた。とてもではないが、他人に言えないようなことも数多くあった。

だからこそ、今の生活を守りたい。

最大の懸念は去った。配島と内藤は既にこの世にいないのだ。もう憂いはない。後は静かな人生を送るだけだ。

病棟を出て、駐車場の自分の車までやって来る。

「ん？」

ワイパーに紙が挟まっていた。駐車違反の警告か、何かの宣伝のようだが、病院の駐車場でそんなものを挟まれるとは思えない。一体何だ？　と思いながら手に取り、何気なく開く。

『我、王家を生贄《いけにえ》に捧《ささ》げる

汝《なんじ》、玉座を与え給《たま》え
我、若き女を生贄に捧げる
汝、過ちを覆い隠したまえ
我、古き友を二つ生贄に捧げる
汝、安寧を与え給え
♀』

まるで詩のような文章が、コピー紙にプリントアウトされていた。

「……ふざけやがって」

瞬間的に怒りが沸騰《ふっとう》した。こんなものを書く奴は一人しかいない。手紙をぐしゃぐしゃに握りつぶすと、法医学教室へと向かった。

† † †

祝依は法医学教室にやって来た。

この時間なら、まだ霧崎もいるに違いない。内藤が解剖出来ずに火葬されてしまったことは残念だった。少し言いづらいが、その報告はしておこうと思った。

せめて血液検査が出来れば、何か検出されたかも知れない。内藤は以前は麻酔科医だったので、麻酔の成分が出ても自殺の線は消えないかも知れないが、配島と同じ抗うつ薬が出たとしたら……。

反射的に、霧崎が詳細な血液検査を依頼しなかったことを思い出した。いや、あれは予算がなくて、やむを得なかったに違いない。意図的に見つけないようにしたなんて、そんなことはあり得ない。

犯罪の見逃しを嫌悪する霧崎自身が、そんなことをするはずがないのだ。

法医学教室に近付くと、何やら騒がしく言い合う声が聞こえてきた。何だろう、と思いながら取っ手に手をかける。扉を開けた瞬間、大きな声が廊下にまで響いた。

「霧崎はどこへ行った⁉」

「お、落ち着いてください。知らないんですよ、どこに行ってるのか……」

「この役立たずめが‼」

高垣と戸丸の声だ。激昂《げきこう》する高垣を、戸丸がなだめようとしているように聞こえる。暴行事件にでもなったら大変だ。祝依は思い切って、部屋に飛び込んだ。

「あ……祝依さん！」

戸丸は驚いた顔をした後、少しほっとしたように微笑む。逆に高垣は、忌々しげに顔を歪《ゆが》めた。それは今まで祝依が見たことのない、高垣の一面のような気がした。

「これは院内の話だ。警察が口を挟まないでもらおうか」

「でも、警察が必要になりそうな様子ですが……何があったんです？」

「それが……院長が脅迫状みたいなものを——」

戸丸の視線の先に、机の上に置かれた一枚の紙があった。一度握りつぶされたように皺《しわ》だらけだが、そこに詩のようなものが書かれている。

「黙れ！　戸丸!!」

高垣は素早くその紙を拾い上げた。

「で、でも……その詩みたいなの。王家って院長のご家族……いえ、前の院長のことですよね？　生贄にしたとか、ひどい言いがかりじゃないですか」

「生贄……？」

祝依は高垣が手に握っている紙切れを見つめた。高垣は隠すように、その紙を上着のポケットに突っ込んだ。

「古き友って内藤部長と……もしかして配島さんですか？」

あっと思ったときには、もう高垣の拳《こぶし》が戸丸の頬を殴り付けていた。

「高垣さん！」

鈍い音が響き、机の上の物をひっくり返しながら、戸丸が倒れる。

「どけっ!!」

高垣は祝依を突き飛ばし、法医学教室を出て行く。高垣を追いかけたい気持ちもあったが、まずは戸丸の無事を確認するのが先決だった。

「戸丸君！　大丈夫!?」

駆け寄って、体を起こさせる。

「は、はい……平気です」

頬が腫《は》れているが、それ以外は問題なさそうだった。

「高垣院長と、一体何が……？」

「分からないです……来たときから激怒してて、霧崎先生はいないかって」

元々霧崎に対しては冷たい態度を取るのが気になっていたが……何かがあったのだろうか？

「さっきの生贄っていうのは？」

「よく分からないですけど……なんか、変な手紙を持ってました。詩みたいな……そこに書いてあったんですよ。院長一家を生贄にして、代わりに玉座を手に入れたとか……友達を生贄にして安寧を得たとか何とか……」

まさか犯人からの脅迫状⁉

いや、それにしては妙だ。戸丸の言うとおりなら、高垣が犯人であると告発する内容にも思える。

だとすると……誰が手紙を書いたんだ？

戸丸が不安そうな顔で立ち上がる。

「あれって事実なんでしょうか？」

「断定は出来ないけど……それなりに確度は高いよ」

「そんな……」

「内藤さんから配島さんへ、金の流れがあったのは間違いない。そして、そのためには高垣院長の決断が必要だった。となると――」

戸丸が引きつった笑みを浮かべた。

「いやいや、まさか……そんな……なんかもう、めちゃくちゃだ。この病院」

そう思いたい気持ちも分かる。院長がそんな事件を起こしていたとすれば、それこそ配島のような連中や、マスコミが大喜びだろう。

しかし、告発文とすれば分からない事もある。

「院長一家を生贄にしたとは……どういうことだろう？」

「……僕も噂で聞いただけなんですけど……前院長が不祥事を起こしたらしくて、めちゃくちゃ世間から叩《たた》かれたそうなんです。それで心を病んでしまって……」

その話に、祝依の胸が痛んだ。世間から攻撃されるつらさは、自分にもよく分かる。

「それで……院長は家族三人で別荘へ逃げて、そこで……心中したって」

「……え？」

「それも手術用のメスで、めった刺しにして。現場は血の海だったそうです」

あまりの凄惨《せいさん》な心中に、言葉を失った。自殺するところまでは理解が及ぶが、家族を道連れにする意味がどこにあるのか。それとも――

「まさか……その事件にも高垣さんが関わっていると？」

「分からないです。けど、古株の人はそんな噂をしてたみたいです。表立っては絶対に口にしませんし、外部の人にも絶対に言いませんけど」

「……そうですか」

祝依は立ち上がると、法医学教室を飛び出した。

応接室での紳士然とした高垣を思い出す。まさかあの高垣が……しかし犯人が高垣だとすれば、色々な事に納得がいく。

しかし、そうならあの脅迫状を送ったのは誰だ？

いずれにしろ重要な証拠品だ。高垣から回収する必要がある。それにもし高垣が犯人だったとしたら、己の罪を糾弾する告発状を、警察である自分が見てしまったのだ。ひょっとしたら、このまま逃亡する可能性もある。すぐに高垣を押さえないと。

祝依は誰もいない廊下を走った。節電のためか点《つ》いている明かりは少なく、全体的に暗い。角を曲がると、先の見えない暗い廊下が続いている。両側には教室の扉が並んでいるが、人の気配がない。

院長室に戻ったか、それとも帰ったか。

もし帰ったとすれば……駐車場だろうか。交通手段は分からないが、この病院は駅から遠い。恐らくは自家用車だろうと当たりを付ける。

よし、まず駐車場だ。そう思って、再び走り出そうとしたとき——

背後に人の気配を感じた。

†　†　†

「……いてて」

祝依はパトカーの後部座席で、ぐったりとしていた。

「ったく。だらしないな」

ドアを開けて、相田が顔を見せた。

「面目ありません……」

「スタンガンで幸運だったな。鉄パイプかナイフだったら、ヤバかったぜ」

「それ、僕にはハードボイルド過ぎます」

駐車場には八王子署の刑事課と、近くの交番から来た警官、それに白衣を着た病院のスタッフの姿が見える。そのスタッフと話していた神長が、こちらにやって来た。

「高垣院長の車は置いたままだね」

「ってことは、まだ中にいやがるんですかね」

「どうかな。あの車は目立つからね。別の逃走手段を用意してあったのかも」

相田は少し離れた所に駐《と》まっている高級外車を睨《にら》むと、悔しそうに舌打ちをする。

「……すみません」

「別にお前を責めちゃいない。もう謝るな」

高垣を捜していたとき、背後に人の気配を感じた。しかし振り向くよりも前に、背中に激痛が走り、床に倒れた。あまりの衝撃と痛みに意識が遠くなり、体も動かせない。相手の顔も姿も見ることが出来なかった。

スタンガンを喰《く》らったのは初めてだったが、ここまでとは思わなかった。十分以上経って、ようやく立ち上がることが出来たが、まともに歩くにはさらにしばらく時間が必要だった。

それから何とか駐車場まで行ったものの、人影もなく途方に暮れてしまい、ようやくここで署に連絡するという現実的な選択肢を思い出した。

電話をした後は再びへたり込み、応援の到着を駐車場で待っていた。そして何があったのかを報告。まだ法医学教室に残っていた戸丸からも、事情を聞いた。祝依が出て行った後は、誰もやって来なかったという話だった。

「とりあえず高垣の手配だね。それと、これ」

神長は助手席に置いてあった紙袋を祝依に渡す。中にはノートPCが入っていた。

「これって……内藤さんが死んだ部屋にあったってやつですか？」

「うん。五日市署からぶんどってきた」

触れていいものか迷ったが、もう鑑識で調べさせたというので袋から出して、ひざの上に置く。

「配島さんの指紋がべたべた付いてたよ。それにログインネームは普通に hajima だった。ちなみにパスワードは設定してなかったよ」

「それは……不用心ですね」

「多分、犯人がパスワードを再設定したんじゃないかな。盗んだときには、部屋には配島さんの死体もあったわけだし。顔認証でロックは解除出来るから」

なるほどと思いながら、ノートPCを開く。スリープになっていたのか、画面がONになってログインウインドウが表示される。

「まだ全てのファイルを確認したわけじゃないんだけどね、祝依君にも見て欲しいものがあるんだ。ログインしてくれるかな」

ログインすると、デスクトップに動画と名前の付いたフォルダが沢山ある。

「動画作成はこのノートPCでやってたみたいだね。こちらの方が、部屋にあったデスクトップ型よりもずっと性能はいいしね。じゃ、次はそのフォルダを開いて」

指示されるとおりにフォルダを開いてゆく。

「その音声ファイルを再生して」

MP3ファイルをダブルクリックすると、プレイヤーが起動した。

『ご用でしょうか？　内藤先生』

これは……霧崎先生の声!?

「どうして配島のPCに……？」

『用があるのは君の方なんじゃないのか？』

『……おっしゃる意図が分かりません』

神長が合間に早口で補足を入れる。

「霧崎先生と内藤さんの会話らしいね」

「はい……」

『君は私に何か言いたいことがあるんじゃないか？　ああ？　怨《うら》みでもあるんじゃないのか？』

『………』

『それ見ろ！　やっぱり君だ。君なんだな⁉』

『父のことを仰《おっしゃ》っているのなら、考え過ぎです』

『君は一体何を狙っているんだ？　何が欲しい？　ハッキリ言ったらどうだ⁉』

そこで音声ファイルは終わっていた。

「これは……どうして、こんなものが？」

「もしかしたら、これが内藤さんの本当の遺書なのかもね」

「……どういうことですか？」

神長から返事はない。助けを求めるように、相田に視線を移す。

相田はどこか言いづらそうな顔をしていた。

「どうって……そりゃ、分かるだろ？」

言いたいことは、祝依にも薄々分かっている。しかし同意は出来なかった。

「現状では、どう考えても高垣が怪しいじゃありませんか。僕を襲ったのも、高垣の可能性が高い。いえ、高垣に決まっています。あの霧崎先生がそんなこと……」

「まあ、お前はあの先生にかなり入れ込んでたからな」

「そういうことじゃなくて！」

興奮した祝依の肩を、神長が叩く。

「落ち着き給《たま》え。君だって心当たりはあるだろう？」

「心当たりなんて……」

口では否定の言葉を口にする。しかし、ふと頭の中で引っかかるものがあった。

配島の血液からは、二酸化炭素と抗うつ薬が検出された。しかし霧崎の検査は、抗うつ薬を見つけられなかった。そして霧崎は——

「一応調べたんだけど、霧崎先生は今でもメンタルクリニックでカウンセリングを受けているんだ。だいぶ前にはなるけど、配島から検出されたものと同じ抗うつ薬も処方されていたよ」

「な……何ですって？」

神長の情報に、祝依は激しくうろたえた。

「で、でも、高垣だって医者です。手に入れることは出来るんじゃないですか？　内藤だって……」

「そうかも知れないけど、まだ入手したという証拠はないよね」

「それはそうですけど！」

頭の中で、必死に反論の材料を探す。

「いえ、どう考えてもおかしいですよ！　霧崎先生が犯人だったら、何で自分で自分の犯罪を暴くようなことをするんですか？」

「さあな。本当は自殺で片付けるつもりだったのかもな」

適当な相田の返しに、思わず頭に血が上る。

「じゃあ何で!?」

「誰かさんが他殺だってわめくから仕方なかったんじゃないのか？　もし後で何か他殺の証拠が出たら、わざと証拠を見逃したって疑われるからな」

「……!!」

霧崎が、犯人？　今まで一緒に捜査をしてきたのに？

神長と相田には黙っていたから知らないんだ。霧崎は自分と同じ理想を持っていて、力を合わせて事件解決に向かっていたことを。

「内藤さんの殺害時刻は分からないけれど、配島さんの死亡推定時刻は分かっている。まあその時刻も霧崎先生の見立てだけど、現場は僕らも見ていたし、腸内温度を測った数字も見てる。だから死亡推定時刻に疑いはない。けれどその時間に、霧崎先生のアリバイがないいんだよ」

そんなことは知っている。本人が言っていた。

「当たり前じゃないですか。だって霧崎先生は一人でいるのが好きな人なんです。都合良くアリバイがあるはずがないんです」

「祝依君。そのドキュメントフォルダを開いてくれる？」

神長が唐突に、画面の端にあるアイコンを指さした。

「これ以上、何だって言うんですか……」

フォルダを開くと、中にはＰＤＦファイルが入っている。開いてみると、それは週刊誌の誌面のようだった。

「それは十七年前の記事で、配島がまだ雑誌のライターだった時代のものだよ」

画面上に『衝撃！　エリート院長一家無理心中!!』という大きな文字が躍っている。

「これって……」

記事の内容をおそるおそる読んでゆく。

──と、世間を騒がせた葬儀社と八王子医科大学附属病院の癒着の件だが、実に後味の悪い幕切れとなった。

院長の霧崎真悟《しんご》（48）は病院で死亡した患者の葬儀を、葬儀社メモリアル八王子に斡《あっ》旋《せん》していたとの疑いが持たれていた。病床率の問題もあり、もはや死ぬのを待つだけという患者の治療を事実上放棄し、積極的に死期を早めていたのではとの疑惑もあった。

世間の怒りは当然である。真実と正義を求める声は、霧崎を病院から駆逐した。しかしそれだけで正義を求める声は止まらない。

罪を償わせよとの正義の圧力に屈し、霧崎一家は失踪《しっそう》した。恐らく別荘に逃れたのだろうと、本誌記者は推測。調査を進めていたところで事件は起きた。追い詰められ正気を失った霧崎は、あろうことか妻と子供を手にかけ、自らも命を絶ったのである。その方法を知れば、いかに霧崎が狂気に陥っていたかが分かる。

外科医であった霧崎は愛用のメスを使い、妻と娘を切り刻んだ。そして自らの体に無数の傷をつけた後、首を掻《か》き切ったのである。その現場は血の海だったという。

唯一の救いは娘が一命を取り留めたことである。しかし、全身に刻まれた傷は、一生消えることはないだろうという話だ。

更に気の毒なのは、胸に♀のマークを刻まれたことだ。

屈辱的とも取れるこの所業が信じられるだろうか？　自分の娘にメスのマークを刻みつける父親。聞けば、もはや怒りしか湧いてこないだろう。娘を奴隷か家畜として扱っていたのではないか。

ある筋の情報では、病院内では強権を発動する暴君だったらしい。家でもＤＶが激しかったのではないかとの噂もある。人間をモノ扱いする悪魔の所業に、世間の怒りは増すばかりである。

新しい院長として就任した高垣洋介は、逆風の中の船出となった。しかし独裁国家では、独裁者が倒れても、新しい独裁者が出てくるだけである。高垣は人として許せる存在なのか。本誌は引き続き精査を続けて――

「これは……」

院長……霧崎……？　八王子医科大学附属病院の前の院長って、まさか──

「霧崎真悟というのは、霧崎先生の父親だよ」

「………」

霧崎の体にあった傷が……実の父親に付けられた？　しかも、あまりにも凄惨《せいさん》な無理心中。残虐過ぎる。

「この出版社に聞き込みに行ってきた。記事を書いたのは、配島で間違いない。この前の号で煽《あお》り記事を書いてて、これはその続編だ。で、その煽り記事が元で、テレビのワイドショーも大はしゃぎ。寄ってたかっていじめ抜いたってわけだ」

まったく記憶にない。十七年前というと、自分はまだ小学生だ。

「祝依君。これがどういうことか、分かるだろう？」

「……動機がある、ということですか」

配島は家族を窮地に追い込んだ張本人。そして高垣はそのことによって、次期院長となり栄華を極めている。そして高垣の手下ともいうべき内藤。

「あと、このPCのメールソフトから、奇妙な履歴が見つかったんだ」

「奇妙な……？」

「差出人♀のメール」

配島の胃の中から出て来たメモが、脳裏に蘇《よみがえ》った。

「しかも、内藤を誘い出すような内容なんだ。配島を殺したのが内藤で、♀の正体が内藤なら、ちょっと奇妙な話になる」

確かに妙だ。でも……

「だから俺たちは、この♀の正体が他にいるんじゃないかって考えている。祝依、お前はどう思う？」

「どうって……」

いきなりそんな話をされても、頭が混乱して答えられない。

「違います……霧崎先生のはずが……」

辛うじて答えると、神長は気の毒そうな顔をして肩を叩《たた》く。

「ともあれ、霧崎先生から話を聞いてみたいね。連絡は付くかな？」

震える手でスマホを出すと、霧崎に電話をかけた。しかし呼び出し音が鳴るだけで、応答がない。それならとメッセージアプリでメッセージを送ってみるが、こちらも返事がないどころか、既読にすらならなかった。

それからしばらく粘ってみたが、結局霧崎と連絡を取ることは出来なかった。

Someone's Perspective 4

銀色の台に、猫屋敷を寝かせる。

彼女には何かと世話になっているので、このような目に遭わせるのは心苦しい。

けれど必要な犠牲だ。悪く思わないで欲しい。

かすかな寝息が聞こえる。どんな夢を見ているのだろう。

それがどんな悪夢であれ、この現実よりはずっといいだろう。

なめらかに動く台を滑らせると、猫屋敷の体が銀の扉の中に消えた。

彼女はよく冗談で「生きたまま火葬場に送ってやる」と言っていたが、実に皮肉なものだと思う。

しかし大いなる計画を成し遂げるためには、必要な生贄《いけにえ》なのだ。

世の中は生贄に溢《あふ》れている。

些細《ささい》な得をするために、他人に犠牲を強いる。

そんなことは、至る所に溢れている。

誰かの不満、ストレス、罪、そういったものを誰かに肩代わりさせる。

そんなことがあってはならない。
誰かの悪意によって、自殺するなどあってはならない。
それは殺人だ。
殺された人の無念は残る。
生きている人間の瞳《ひとみ》に映り続ける。
報いを受けさせてやる。
計画を練り、実行をして来た。
予定通りとはいかなかったが、それでもやり切る覚悟はある。
このために生きてきたのだ。
復讐《ふくしゅう》のために、生きてきた。
あれ以来、ずっと彼女の姿が見える。
その姿が語りかける。
悔しい、悲しい、憎い、つらい。
そんな怨念《おんねん》が語りかけるのだ。
怨《うら》みを、と。
もう少しだけ、待っていて欲しい。
全てを成し終えたら、あなたはもう寂しくなくなるのだから。

PART 5

その後も高垣の捜索は続いた。翌日になっても、自宅にも病院にも戻らない。目撃証言もない。その行方は、ようとして分からなかった。

そしてそれは霧崎も同じだった。

祝依と相田は、高垣の自宅を訪ねた後、霧崎の自宅にも行ってみた。しかし返事はなく、管理人に訊《き》いてみても、昨日からは姿を見ていないとのことだった。

「あれだけ目立つ格好の女だ。そのうち見つかるだろ」

「そうですね……」

当然、法医学教室にも寄ってみたが、今日は元々休みの日だったらしく、扉はカギがかかっていて、誰もいなかった。

「どうします？」

「とりあえず地道に聞き込みだな。ったく……」

ひとまず病院の近く、それと最寄り駅で聞き込みをすることにした。

「地道といやあ、若松の人間関係も地道に調べてたんだが……意味がなくなったな。高垣をとっ捕まえて、尋問すれば終わりだ」

「若松さんの方は、何か新しく分かったことはあったんですか？」

「いや……ひょっとしたら付き合ってた男がいたかも知れない、ってくらいだな」

「……誰です？」

相田は重要視していない口ぶりだったが、若松に恋人がいたと分かれば、容疑者として考えていてもおかしくない。

「そこまでは分からん。看護師同士でそんな感じの話になったときに、ちょっと思わせぶりなことを言ってたらしい。単に見栄《みえ》を張っただけかも知れないけどな」

「そうでしたか……」

病院の周辺は成果はなし。次は駅の近くで高垣の写真を見せて、定型文のような質問を続けた。しかし、内心は霧崎の行方の方が気になっていた。

一応、霧崎の写真も見せて同じような質問をする。相田は目立つというが、それだけに見つけることは困難だろう。隠れるつもりなら、普段と違う地味な格好をすればいい。化粧もかえれば、ぱっと見は同一人物とは思われない。

このために普段は特徴的な格好をしていたのではないか？　という考えが頭を過《よぎ》る。

それから一日聞いて回ったが、有益な情報は一つもなかった。近くの定食屋で昼飯を食べながら、今後の予定を練ることにした。

「高垣が頼りそうな相手に絞るか。それと霧崎の方も」

「じゃ、また病院と自宅ですかね。霧崎先生の方は、法医学教室の人たちと葬儀屋の猫屋敷さんくらいですけど」

「あとお前か」

「よしてくださいよ」

「まあ、つらい気持ちも分かるがな。お前かなりあの女にハマってたろ?」

「いや、だからどうしてそんな……」

「配島殺しのアリバイもないからな。立場は悪いぞ」

「え……?」

一瞬、息をするのを忘れた。しかし、すぐに自分ではなく、霧崎のことだと気が付いた。むしろ、自分に言われたと思ってしまったことが不思議だ。

「……確かにそうですが、高垣院長も時間的には犯行が可能です」

「まあ、どっちかだろ。これで配島の奴も成仏出来るってもんだ」

それは言い得て妙なセリフだと、祝依は思った。そして部屋の隅に佇《たたず》む、配島の姿を思い出す。

他殺だと判明して犯人が捕まれば、あの配島の霊も姿を消すはずだ。

それは成仏したと解釈出来る。

しかし、なぜだろう。まったく心が動かない。

それどころか。

あの男は、あの場所に立ち続けていればいい。

そんな考えすら、頭に――

上着の内ポケットでスマホが振動した。番号が非通知になっている。

「すみません。ちょっと」

軽く断りを入れて、店の外へ出た。平静を装い、電話に出る。

『霧崎です』

「……!?　霧崎先生」

頭の中で、様々な思惑が急速に駆け巡る。

「……今、どちらにいらっしゃるのですか？」

『私を捜しているのですか？』

性急すぎたか、と心の中で舌打ちした。そして霧崎の鋭さに舌を巻く。

「実は高垣院長が昨夜から失踪《しっそう》してまして……それで霧崎先生は大丈夫かなと」

『なるほど……そうなっているのですね』

「どういう意味ですか？」

『いえ、なかなか手強《てごわ》い相手だなと』

「手強い……？」

一体、何が言いたいのだろうか。

『状況は理解出来ました。それでは』

「まっ、待って下さい！」

『何でしょう？』

言葉が思い付かない。頭と心が混乱して、何を伝えるべきか分からない。

「困ったことになっているのなら、僕を頼って下さい」

『……』

「僕は、味方です」

『味方？』

「僕を信じて下さい」

電話が切れた。

上手《うま》く伝えられなかったのか、それとも何かまずいことを言ったのだろうか。

霧崎からの電話だったことを相田に伝えるか悩んだ末、黙っておくことにした。気持ちを落ち着けてから、店に戻る。

相田には実家から電話だったと誤魔化し、何気ない素振りで定食を平らげた。

それから車で八王子医科大学附属病院へ移動し、高垣が親しくしている相手がいないか聞き込みをした。しかし、一番に名前が挙がるのはやはり内藤で、それ以外にも名前は出たが、そこまで期待が出来そうな印象はない。

その後は別行動をすることにして、相田が名前の挙がった人物を当たり、祝依は法医学教室に話を聞きに行った。

しかしこちらはこちらで、霧崎の情報が得られる期待は薄かった。行ってみると、戸丸と助清が、手持ち無沙汰《ぶさた》な様子で座っている。やって来た祝依の姿に、助清は冷ややかすような笑みを浮かべた。

「あ、祝依さん。残念～」

「えっ？」

「なんか霧崎先生、無断欠勤みたいなんですよ。めずらし～」

「……そうなんですか」

何も知らない体で返事をする。そして何気ない風を装って質問をした。

「連絡とかないんですか？　どこかへ行ったとか」

戸丸は首を横に振る。

「連絡もないです」

助清が「あ」と声を上げた。

「もしかしたら、猫屋敷さんと遊びに行ってるのかも。猫屋敷さんも無断欠勤みたいでさ、葬儀社がパニックらしいよ」

猫屋敷さんも？

「二人とも遊んでんなら、あたしも今日は早く帰ろうかな～」

助清はのんきな様子だが、戸丸は心配そうな表情を浮かべている。

「本当に遊びに行ってるならいいんですけど……」

「戸丸君はそうは思わないの？」

「いえ、分からないですけど……ただ、霧崎先生が無断欠勤とか、らしくないなって思ったので……ちょっと心配です」

「確かに……そうだね」

「祝依さん？」

怪訝《けげん》な顔の戸丸と助清を残し、挨拶《あいさつ》もせずに部屋を出る。急ぎ足で駐車場に向かうと、車に乗り込み、当てもなく走らせた。

霧崎はどこへ行ったのか？

冷静な第三者としては、どう考えるのが自然だろうか。高垣に監禁されている？　霧崎からかかってきた電話の様子からして、それはなさそうだ。とすると逆に、霧崎が高垣を誘拐したと考えるのが妥当な気もする。

実際、霧崎は高垣を怨《うら》んでいる可能性がある。両親の死で利益を得た高垣。もしかしたら、葬儀屋と癒着の噂も高垣の差し金かも知れない。しかも仲の良かった若松が、高垣たちの医療過誤の犠牲になる形で自殺している。さらに霧崎自身も外科から法医学教室へと異動になっている。本人は望んで移ったと言っていたが、実際は違うのではないか。高垣に疎まれて、追い出され、それを怨んでいるのではないか。

そして高垣もまた、霧崎に対して嫌悪感を持っている。だが、自分を親の敵《かたき》だと思っている相手なら、警戒するのは当然だ。或《あ》いは五年前の事件で退職した内藤と同じように、霧崎も何らかの形で事件に関わっていたか。

二人同時に失踪するというのは、偶然にしてはタイミングが良すぎる。やはり、どちらかがどちらかを誘拐したと考えるのが普通だ。

体力的に考えるなら、高垣が霧崎を誘拐したと考えるべきだろう。しかし賢い霧崎のことだ。何か手段を考えていたかも知れない。

高垣が潜伏するとすれば、別荘か或いはホテルだろうか。だが、すぐに見つかるようなところへ身を隠すだろうか？

霧崎だった場合はどうか？　かつて悲劇のあった山中湖の別荘で復讐を、と考えるのではないだろうか？

でも——と、自分の中にいるもう一人の自分が反論する。そんなことは考えたくない。霧崎が犯人だなんて、そんなはずはない。

人付き合いが苦手で、でも意外と気を遣ってくれて、美人で、地雷系メイクにゴスロリファッションで、言葉は少ないが仕事の時は妙に饒舌《じょうぜつ》で、つらい過去を背負っていて、優秀で、仕事に真摯《しんし》に向き合っていて、殺人死を見逃さないという信念を持っていて……そして自分の過去と、殺された人の霊が見えるという話を、素直に受け止めてくれた。

少なくとも、それくらいには彼女のことは分かっている。犯人のはずがないし、そんなこと考えたくもない。

でも——もう一人の自分が囁《ささや》く。お前はまだ、霧崎の素顔は見たことがないだろ？

肉体の顔も、心の顔も。

自分は霧崎のことを、まだよく知らない。分かったように考えるのは間違いだ。

奇《く》しくも霧崎自身が言っていた。生きている人間は嘘を吐くと。

この時点では、特定の誰かを犯人とは決めきれない。そう考えるのが正解のはずだ。

だから、犯人の思考を想像する。

犯人は配島の顔見知りで、金欠の配島にとって美味《うま》い話を用意していたに違いない。

そして自宅に上がり込み、自殺に見せかけて殺した。

その犯行を自供した内藤。しかしその内藤も、自殺を装って殺す。

霧崎が法医学教室で挙げた、死体検案書。あの中の一酸化炭素中毒の自殺は、内藤殺しの予行演習のように思えた。

そして八医大の清掃をしていた男の首吊り自殺。これも配島殺しの練習、それに何か都合の悪いことを知られたせいで口を封じた可能性も考えられる。

飛び降り自殺は……若松という看護師の女性と重なる。

配島の胃の中から出て来た♀の署名。差し出し人♀のメール。これは女性の存在を暗示させる。霧崎に刻まれているという♀形の傷。

……いや、余計なことを考えるな。今は犯人としての思考——それを想像する刑事の思考として、最も相応《ふさわ》しいルートを組み立てるんだ。

不自然な発想や飛躍はせず、死体のように嘘のない自然な推測を。

今回も予行演習と同じような手段を取るだろうか。いずれにしろ、人目につかない場所で処理をしようとする、と考えるはず。ターゲットを誘拐し、どこか人目のつかないところへ連れて行き、自殺を装い殺す。

それはどこだ？

恐らくは内藤が死んだ場所のような、人気《ひとけ》のないアパートや一軒家。

あれはいい場所を選んだと思った。しかも賃貸料も安い。犯人が自分で借りると足が付くので、処刑された内藤自身に借りさせるというのも――

「……そうか」

すぐにウインカーを出すと、車を脇に寄せる。駐《と》める間も惜しく、すぐに電話をかけた。

†　†　†

すっかり日が落ち、辺りには漆黒の闇が忍び寄る。この辺りは街中と違って街灯が少なく、夜は暗いものだと改めて気付かされる。

祝依の車は、すれ違うのも難しい細い道をゆっくり進んでゆく。道が荒れていて、舗装されているのか未舗装なのかもよく分からない。道の両側は鬱蒼《うっそう》とした森か、かつて畑だった荒れ地で、民家の灯ははるか彼方《かなた》だ。

そんな道を進んでゆくと、やがて倉庫のような建物が見えてきた。土地代の安さを生かして、建てられた小さな工場だ。あまり近付きすぎると気付かれる。祝依は道をふさぐような形で、車を止めた。

車を降りたところで、スマホが振動した。相田からの電話だった。

「はい」

『犯人から連絡があった。差出人は♀のマークだが、アドレスは配島のものだ』

「内藤とやり取りしていたものと同じですね……」

『自首したいが出来ない。死にたい。このままではまた人を殺すから、止めて欲しい。という内容だ。住所の記載もある。今転送してやるから現地で集合だ。遅れた方が、一杯オゴリだ』

捨て台詞《ぜりふ》を残して電話が切れた。すぐに住所が書かれたメールが届く。その住所を一《いち》瞥《べっ》して、祝依は目の前の工場を見つめた。

「またゴチになります……相田さん」

祝依はスマホをしまうと、工場に向かって歩いて行く。

犯人は、内藤を殺した部屋を、内藤自身に借りさせた。自分で借りれば、当然足が付くからだ。もし自分が犯人なら、当然次の殺人現場も用意させておく。そこで市内の不動産屋に、片っ端から電話をした。

すると案の定。もう一軒、借りている場所があった。それがこの工場跡だった。

門は壊れて半開きになっている。その隙間から敷地に入ると、すぐに建物がそびえていた。前面がシャッターになっているが、すっかり錆付《さびつ》いていて、開くのかどうかも分からない。しかし脇に、人が出入り出来るアルミの扉があった。

取っ手を回すと抵抗なく扉が開く。そっと中に入ると、男が立ちふさがっていた。

心臓が跳ね上がる。

その顔に表情はない。

こちらをじっと見つめる瞳《ひとみ》は、どこか焦点が合っていない。

侵入者に何の反応も示さない。

「高垣……」

高垣院長が、ものも言わずに佇《たたず》んでいた。

その姿は高垣だが、どこか別の生き物のようであった。

「早かったですね」

声のした方に視線を移す。

そこは町の自動車工場くらいの広さがあった。

作業用の機械は既に撤去されて、残っているのは錆付いた金属の台だけだ。

それは廃墟《はいきょ》の中に佇む、朽ちた解剖台を思わせる。

裸の男が横たわっているからだ。

肉体の方の高垣だった。

死んでいる。

血の気の失《う》せた肌の色を見れば、それは明らかだった。

その死体の傍らに、もう一人。

その姿に言葉を失った。

「霧崎先生……」

「さすが祝依さんです」

いつもと同じ声。いつもと同じ姿。しかし激しい違和感がある。

それは解剖台を前にしているのに、解剖着ではなく地雷系なゴシックロリータだからだろうか。

それとも――顔に刻まれている傷痕《きずあと》のせいだろうか。

今のメイクは、人形のような完璧《かんぺき》なものではない。

頬と眉間《みけん》から斜めに、大きな傷痕が走っている。そして白い首には一周するような縫合痕。そして、はだけた胸元に♀を象《かたど》った傷痕。

その傷痕から目が離せない。

思わずごくりと喉《のど》が鳴った。

「霧崎先生……あなたは一体、何をしているんですか？」

霧崎は台の上に横たわる死体に目を落とした。

「高垣院長を解剖するところです」

そう言いながら、ゴム製の手袋を装着する。

何を……言っているんだ、この人は。

「なぜそんなことを」

「死因を明らかにするために、決まっているじゃありませんか」

霧崎は台の上に巻物のような革のケースを広げる。中にはメスや鉗子《かんし》などがずらりと仕舞われていた。

「霧崎先生、答えて下さい。あなたが、やったんですか？」

「意外な質問ですね」

霧崎はメスを手に取ると、天井の蛍光灯にかざした。

「犯人が名乗った♀の記号。文字通りのメス、女、そして手術や解剖に使うメス」

霧崎に向かって歩いて行く。即席の解剖台まで手が届こうか、というところまで近付いたとき、威嚇するようにメスの切っ先を向けられた。

「全て私を指し示す符丁です。てっきり私は、なぜやった？　と訊《き》かれるかと思っていました」

足を止めて、胸の内を吐き出す。

「それは、あなたが犯人だと信じたくなかったからです！」

「……そうですか」

わずかに霧崎の口元が微笑んだような気がした。

「でしたら、解剖の邪魔をしないで下さい。これは急を要する、重要な執刀です」

「もう殺してるのに、どうしてそんなことを!?」

「この遺体は、一見すると一酸化炭素中毒で死んだように見えます」

「……一酸化炭素?」

「一酸化炭素中毒で死ぬと、死斑《しはん》が鮮紅色になります。ご丁寧に、そこに一酸化炭素のボンベが落ちています」

霧崎が指をさした先に、酸素ボンベの吸い口のようなものが付いたスプレー缶が落ちていた。

「これはゲームです。私が警察に捕まるのが先か、それとも私が高垣院長の死因を明らかにするのが先か」

ゲーム?

霧崎は一体何をしようとしているのだろうか? 単なる死体損壊をして楽しんでいるようには見えない。

霧崎はいつも通り小指を立てると、喉元《のどもと》にメスをあてがう。

「……前から訊こうと思ってたんですけど、どうして小指を立てるのですか?」

「これで距離を測っています。深く切りすぎないように」

そしてやはりいつも通り、鮮やかな手つきで首をU字形に切る。

「霧崎先生は、高垣院長が憎いんですか。死体を切り刻むほどに」

「憎いか憎くないかで言うなら……憎いでしょうね。両親が病院を追われる原因になった、葬儀社との汚職の件は、高垣と内藤が仕組んで、配島が記事にしたものですから」

「確かなんですか？」

「そう配島から聞きました」

……え？

「配島を……知ってたんですか？」

「ええ」

「な……っ!?　だ、だって、そんなことは一言も……っ！」

「訊かれませんでしたから」

思わず悪態を吐きたくなるのを、歯を食いしばってこらえる。

「かつて自分が取材したネタを再利用したくて、あの人は今、シリーズをしたいんだと言ってきました。恥ずかしげもなく、よく言えるものだと呆《あき》れましたが、とりあえず話を聞きました。そしてお酒を呑《の》ませると、色々と喋《しゃべ》ってくれましたよ」

確か、第一発見者の三宅も、同じようなことを話していた。酒を呑むと、訊いてもいないことを喋ると。

「そんな調子だったので、検案で呼ばれたときも、最初から自殺のはずがないと思っていました」

「それは自分で殺したから、知っていたんじゃないんですか。親の敵だから……高垣院長も内藤部長も配島も」

「いえ、高垣も内藤も配島も、別に親の敵ではありません」

霧崎はしれっと答える。

「彼らはスキャンダルをでっち上げただけです。当時、世間がうるさいので、私たち家族は別荘に逃げていたのは事実ですが……特に家族に暗い雰囲気はありませんでした。父は別のビジネスを始めようか、或《ある》いは海外の病院に転職しようか、と夢を語っていました し……母も長期休暇を堪能《たんのう》していました。三人でバカンスを過ごした、いい思い出です」

「でも……その別荘で、ご両親と霧崎先生は――」

霧崎はメスを一気に滑らせ、高垣の体を真っ直ぐに斬り裂いた。

「ええ。あの犯人は許せません。絶対に見つけて――殺してやります」

一瞬上目遣いで睨《にら》まれた。ぞくりと背筋が震える。

「かすかな記憶ですが、犯人の姿を見た気がするんです。それはあの三人とは違う……そう感じました。それに、あの三人にはそこまでする度胸もなければ、メリットもありません」

「それじゃ……」

「私が生きている意味は、あの時の犯人を見つけ、殺すこと。それだけです。私の生きるモチベーションは復讐《ふくしゅう》だけです」

　高垣の胸を開くと、血に濡《ぬ》れた肋骨《ろっこつ》が現れた。

「でも……配島の血液から、抗うつ薬のイミプラミンが検出されました。それは霧崎先生に処方された薬なんじゃないですか？　メンタルクリニックに通っているそうじゃないですか」

　霧崎の手がぴたりと止まった。

「イミプラミン……本当ですか？」

「え？　は、はい。神長さんが鑑識の方に依頼してて」

「……なるほど」

　霧崎は肋骨剪刀《せんとう》を手に取ると、高垣の肋骨を切断し始める。

「それで胃の消化が遅かったのですね。本来なら、胃の中にあったメモも消化される予定だったのかも知れません」

　消化が遅い……？

「それは……どういう意味ですか？」

「イミプラミンは胃の消化を遅らせる副作用があるんです。それ自体は恐らく犯人のミスです。ただ、偶然にも腸内温度と合致していたので、信憑性《しんぴょうせい》が増してしまいました。死斑と死後硬直との時間の食い違いはありましたが、結果的に死亡推定時刻の調整に成功したわけです」

「死亡推定時刻の調整……って」

「腸内温度による死亡時刻の推定は、周囲の温度で変わります。エアコンの設定温度がかなり高めで、午前十一時で切れるような時間設定でした。犯人は、三宅さんが訪れる時間も知っていたんですね。恐らく発見される予定時刻の直前で止めたのだと思います」

霧崎は切った肋骨を、無造作に脇に置く。

「ちなみに私が処方された抗うつ薬は、捨ててしまいました。証拠はありませんけれど」

「それじゃ、どうして配島がノートPCを持ってるって知ってたんですか？　会った時に見たんじゃないんですか？」

「見たことはありません。けれど、動画編集をするのに、部屋にあったPCでは能力的に難しいですから。あれはメーカー製のPCでかなり旧型です」

「まさか……配島が死んだ日、あの部屋にいたんじゃありませんよね？」

「いくら情報を引き出そうという下心があっても、あの男の部屋になんか行くわけないじゃないですか」

「…………」

肋骨がなくなり、高垣の胸部を守るものがなくなった。霧崎は内臓を包む膜を切り開き、心臓を露出させる。

「じゃ、内藤の自殺については……どうなんですか？」

「解剖されないように、別の所轄で殺したのですね。敵前逃亡とは姑息《こそく》ですが、ある意味賢いと思います。PCを返却したのは謎ですが、恐らく何らかの情報操作を狙ってのことではないでしょうか」

確かに、あの中にあった過去の記事と、音声データのせいで、霧崎への疑惑が深まった。

霧崎は心臓を摘出し、さらに中を切り開く。

「やっぱり、思ったとおりです」

「何が……ですか？」

「高垣院長は一酸化炭素中毒ではありません。凍死です」

「凍死!?」

「右心室の血液は暗赤色ですが、肺静脈からの血液は鮮紅色です。これは低温では赤味が強くなるという、酸化ヘモグロビンの働きによるものです。肺静脈の血液は、呼吸により取り込んだ冷たい空気によって鮮やかな色になります」

確かにもう十二月も下旬。八王子では冬に凍死する例も珍しくない。とすると……外で一晩中放置でもしたのか？

霧崎はメスを置き、手袋を外す。

「霧崎先生？」

「もうここに用はありません」

解剖台から離れ、工場の裏手の方へ歩いて行く。

「待って下さい！　逃がすわけにいきません！」

霧崎は足を止めると、振り向いた。

「とにかく、署で説明をしてください。僕にしたみたいに。ちゃんと説明すれば、罪を犯していないのなら――」

「出来ません」

「どうして!?」

「猫屋敷さんが死んでしまいます」

……は？

猫屋敷？

「何でそこで猫屋敷さんが出てくるんですか」

そう訊《き》いてから、法医学教室で猫屋敷が無断欠勤している、という話を聞いたことを思い出す。

「まさか……」

霧崎はスカートのポケットからスマホを出すと、こちらに向ける。

画面を見ようと近付くと、霧崎の傷だらけの体が目に入る。

以前見た、首を一周する縫い目の傷。顔の傷。そして――胸元の♀の形をした傷痕《きずあと》が。

それは艶《なま》めかしくも、痛々しい。けれど不思議な神々しさがあった。

「これは私宛に届いたメールです」

『私的メモ。第一処刑場で高垣。自殺に偽装作業。急がなければ、警察がやって来る。第二処刑場で猫屋敷。高垣の死因とは同一。同じ場所で処理中』

その後に、第一処刑場の住所が書いてあった。第二処刑場については記載がない。

「何ですか、これは……」

「私が自分用のメモとして、配島のアドレスから私のアドレス宛に送った……という体裁で、犯人が私へ送りつけた指示書です」

「自分用……え？」

さっきから情報量が多すぎて、混乱しそうだ。

「そう解釈できます」

「つまり犯人からの命令？」

そう思って改めてメールを読むと……確かに犯人からの指示書、或《ある》いは脅迫状に読める。つまり、高垣を殺した場所で、今まさに猫屋敷が殺されている最中だぞ、ということだ。高垣の死因を明らかにすれば、その場所が分かる。急がなければ警察がやって来る——と。

「恐らく私も容疑者の一人と警察は考えているでしょう。そして発見された現場は、ご覧の通りの有様です。私の話を信じてくれるとは、到底思えません。捕らえられて、当分は身動き出来ないでしょう。ひょっとすると、そのまま犯人にされてしまうかも知れません」

「でも、これを証拠として提出すれば……」

「配島のスマホは、まだ見つかっていませんでしたね？　恐らくは法医学教室の私のデスク辺りで見つかるのだと思います。自作自演ということになるはずです」

「え……」

それって、法医学教室に出入りが可能な人間が、犯人ということか？

ふと気付くと、霧崎に見つめられていた。

「祝依さんも、最近よく法医学教室にいらっしゃいますね？」

「……」

何を言おうとしているんだ？

まばたきも忘れたように見つめる瞳《ひとみ》は、それ自体が発光しているかのようだった。その光は鋭く、体を切り開かれ、生きたまま解剖されているような気分になる。

「祝依さんなら、高垣院長の遺体をここに運ぶのも簡単でしょう」

「簡単って……」

動悸《どうき》が激しくなる。心臓の音が耳に聞こえるような気がする。

「バカなことを言わないでくれ。僕は高垣院長を追いかけて、その途中で襲われた。スタンガンでやられたんだ。そのせいで高垣院長を見失った。僕がそんなこと出来るはずがないだろ？」

「でもそれは、祝依さんがそう言ってるだけですよね？」

「……な」

「きっと、その場面を見た人はいない。違いますか？」

耳鳴りがする。

「それは――そうだけど」

「本当に、そんなことがあったのですか？」

「………………」

落ち着け――そう自分に言い聞かせるが、抗《あらが》うように心臓が鼓動を打ち鳴らす。

「そんな嘘、すぐにバレる。それに、今までずっと一緒に捜査をしてきたじゃありませんか。あれが全部嘘だったとでも言うんですか？」

「だって、芝居は得意なのでしょう？」

「……っ！」

まさか、そんな揚げ足を取られるとは思わなかった。

「それにこの廃工場。実におあつらえ向きですね。内藤部長が死んだ部屋もそうです。借主は内藤部長でしょうけど、指示したのは犯人でしょう。きっと、この辺りの不動産にも詳しいのですね。そういえば――」

霧崎の瞳が、心の中に潜むものを切り裂き、白日の下にさらけ出そうとする。

「祝依さんも不動産情報に詳しかったですね？」

「……それは、ただの趣味で」

「内藤部長が失踪《しっそう》したときも、配島が殺されたときも、祝依さんは夜勤か非番。或いは相田さんと離れて単独行動だったはずです」

思わず息を呑《の》んだ。

「何で、そんなことを……」

「神長さんから伺いました。大変申しわけないのですが、聞き出す口実に、祝依さんとお付き合いしているという嘘を言ってしまいました。謝罪します」

「え……つきあっ⁉」

やたら相田にいじられたことがフラッシュバックする。

「ああっくそっ！　それであんなに……からかわれたのか！」

「時間的な制約がないので、物理的には内藤部長も高垣院長も、祝依さんなら殺すことが可能です」

一旦《いったん》落ち着けと自分に言い聞かせ、呼吸を整えた。

「僕にはそんなことをする理由がない」

「若松さんと知り合いだった可能性があります」

……僕が。

「何を根拠に」

「若松さんは私に、実は学生時代に知り合った男の人と付き合っている――と打ち明けてくれたことがあります。恥ずかしがり屋で人見知りな人だったので、他の誰にも話していない。私だけに話すから、決して他人には言わないで欲しいと」

「まさか……それが僕だとでも？」

「証拠は摑《つか》めませんでしたので、あくまで可能性の話です。ただ動機でしたら他にもあります。祝依さんは、他人による誹謗《ひぼう》中傷で自殺することを嫌悪しています。若松さんの件はまさにこれに当たります」

「だからって、どうして高垣さんと内藤さんを」

「あの二人と配島が、若松さんを生贄《いけにえ》に捧《ささ》げたからです」

「…………」

なに？

「……何だ、生贄って」

霧崎は冷たい瞳で答える。

「つまり五年前に起きた医療過誤、あれは他の誰かの罪と責任を、若松さんに着せたものです」

それって――

「冤罪《えんざい》、ということですか」

「少なくとも若松さんは、そう主張していました。指示通りに仕事をしただけで、ミスはしていない。発表された内容は事実とは違うと」

「それじゃ……どうしてそう反論しなかったんです？」

「証拠がありません。それに病院内では高垣に逆らえる人はいません。仮に若松さんが反論したとしても、ただの責任逃れとしか映らなかったでしょう。私も証拠がないか、色々探してみたのですが……それが気に入らなかったのでしょう。法医学教室へ飛ばされてしまいました」

では、やはり霧崎は高垣に疎まれて、外科を追い出されたのか。となると、個人的に高垣を恨む気持ちがあるのではないか？

「高垣さんは、一人のミスは病院全体の責任だと、若松さんを擁護することを語っていた……あれも嘘だったと？」

「そうすることで自分のイメージを高めつつ、世間の同情を誘うことが出来ます。そもそも、自分のミスだったら、本人の口からこれは全体の責任だなんて言えるはずがないですよね？」

それは確かにそうだ。同じ事を語っても、責任が自分にある場合では、印象が百八十度変わる。

「死ぬ必要なんてなかったのにと、涙をにじませた内藤さんは？」

「それは本音だったかも知れませんね。自殺までするとは思っていなかったか、或いは殺す必要があったのかという高垣への疑問だったのかも」

「え？」

高垣院長が、そこまでする必要……？

「若松さんの自殺は偽装で、本当は高垣院長に殺された可能性もありますから」

「な……」

「ただ、証拠はありません。しかし、もし犯人の動機が若松さんの仇《かたき》を討つことなら、高垣を殺す前に自白させたことでしょう。けれど――」

霧崎の鋭い視線が突き刺さる。

「祝依さんにとっては、母親の復讐《ふくしゅう》の方が強いと思いますけれど」

――母親？

「それは……どういう、意味ですか」

霧崎は一旦唇を結ぶ。そして、思い切るように口を開いた。

「祝依さんのお母さんが炎上した事件――その原因となった記事は、配島が書いたからです」

「……!!」

体が凍り付いた。冷たい汗が頰を伝う。

「当然、ご存知でしたよね？」

その問いは、運命を決める選択肢のように思えた。

自分の何かを試されているような。

手の平が痛くなるほど、拳《こぶし》を握りしめる。

「……ええ」

素直に認めた。

ごまかす必要はない。それは事実なのだから。

「僕は配島が、配島のような奴らが嫌いだ。あんな連中がいるから、不幸な人が増える。不幸を増やす病原菌は元から絶たなければダメだ。何度もそう思った。何度も殺すところを想像した。考えつく限り残忍な方法で、殺したかった」

今まで押し殺して、抑え込んでいた暗い闇が溢《あふ》れ出した。

「便乗して騒ぐ連中も同じだ。奴らがしたいのは、ただの娯楽、ストレスの発散だ。ふざけるな！　メディアの情報から妄想を膨らませて、勝手な真実を捏造《ねつぞう》しやがって。にわか正義漢気取りで、罵詈雑言《ばりぞうごん》を投げつける馬鹿共が。言葉は凶器だ。それによって人は傷付く。やられる側にならない限り、人はそれに気付かない。いや、気付いても気にしないんだ。そんなの大したことじゃないと、自分に都合の良《い》い逃げ口上を口にする」

一度熱くなると、頭が熱暴走を起こす。感情が止まらない。口が止まらない。

「挙げ句の果てに、叩《たた》かれる方にも原因がある、などと言い出す。都合が良いにも程がある！　頭がおかしいんじゃないのか!?　勝手な理屈で自分を正当化しようとするな！そっちがその気なら、こっちも同じ事をしてやろうか!?」

普段心の内に溜《た》めていたものが、一気に吐き出される。それは快感ですらあった。

僕はいい人なんかじゃない。こんな闇を、破壊衝動を、殺意を、心の奥底に飼っている。解き放てば、いつでも人を殺せそうな狂気を。

「僕の母は自殺した。記事を書いた奴、報道した奴、便乗して騒いだ奴、家にイタズラ電話をかけたり、門の前で怒鳴ったり、落書きしたり、ゴミを投げ入れたりした連中、誰を恨んだらいい？」

そこまで話して、深く息を吐く。

「そう、自殺なんだ……殺人じゃない……僕は母が飛び降り自殺をした現場を、何度も見に行った。けど母の霊は見えない。それが僕に、母は殺されたのではなく、自殺なのだという現実を突き付ける。この理不尽な現実を」

全て吐き出すと、少し頭が冷えてくる。

「最初は……気付きませんでした。しかし配島の配信チャンネルを見て、情報を検索をしているときに分かったんです。あの炎上記事を書いた記者だと」

「それまでご存じなかったのですか？」

「信じてくれと言っても、無理かも知れませんが」

思わず苦笑いが漏れた。

「ですが正直な話、配島に対する同情は消えました。しかし変わらず捜査には当たっていたつもりです。いや……違いますね。心のどこかで、やはり不満だったと思います」

「死に様がお気に召しませんでしたか？」

ふと、自分の中にある鋭いものが顔を覗《のぞ》かせる。

「思ったより、楽な死に方をしていたので」

そう答えると、霧崎の目が少し細められた。

「祝依さんは、本当に殺された人の霊が見えるんですか？」

「……あそこに高垣さんが立っています」

入口近くを指さした。しかし霧崎は首を横に振る。

「それは証明になりません。高垣院長が殺されたのは自明の理です」

「配島のときも、死因が判明する前に言い当てた」

「犯人なら、知っていて当然です」

「それは確かに」

思わず苦笑いを浮かべてしまった。

「しかし犯人なら、他殺を主張するのはおかしい」

「意外と自信家なのでしょうか。絶対にバレないという自信があったか……或《あ》るいは、以前から自殺現場で殺人を主張することを繰り返しておけば、みんな重要視しなくなります。オオカミが来たぞ、ですね。周りの人は反発心から、意地でも自殺で通そうとするかも知れません」

確かに相田はそんな感じだった。

「もう一つの可能性としては、捕まりたかったのかも知れません。目立ちたい、凄《すご》いことをしたと褒めて欲しい。そんな犯罪者は意外と多いものです。または破滅そのものに憧《あこが》れる人もいます」

「僕にそういう趣味があると思ってる？」

「さあ？　私はまだ祝依さんのことを、よく知りませんので」

「そうだな。僕も君のことをよく知らない。けれど――」

傷が刻まれた霧崎の顔を見つめる。

「素顔は見ることが出来た」

霧崎は傷痕《きずあと》を隠すこともなく、祝依を見つめ返す。

「どうして今日はメイクをしていないんですか？」

「それは秘密です」

「……そうですか」

「私の素顔のご感想は？」

そう問いかける瞳《ひとみ》は美しい。だが、それだけではない何かがあった。

それは決意のような、恐れのような、ゆらぐ感情。

傷痕は確かに目を惹《ひ》いた。いつもメイクで隠しているのも理解出来る。

頭の中に幾つかの言葉が浮かぶ。

しかし、ここは、一番素直な気持ちを口にすることにした。

「素顔が見られて――とても嬉《うれ》しいです」

霧崎の瞳孔《どうこう》が、わずかに開いた。

そのとき、スマートフォンが振動した。相田からだった。

「はい」

『お前先に来てやがったのか⁉　今、どこにいる』

「中に入っています」

『何だとお⁉』

「どれくらい引き連れて来たんです？」

『タイミングが悪くてな。かき集めて十人だ。俺はこれから裏に回る。包囲してから、突入だ。お前は下手に動くな』

「すみません。既に被疑者と交渉中です。刺激すると危険なので、しばらく外で待機していて下さい」

そう言うと、返事を待たずに電話を切った。

「お喋《しゃべ》りが過ぎました」

霧崎は背を向けると、裏手の方へ向かう。

「どうするんですか？　表には警察が待ち構えていますよ」

「裏は細い農道で、車が入ってこられません。囲まれる前に猫屋敷さんを助けに行きます」

裏口を開けて外に出ると、すぐそこに森が迫っている。そして、その手前に一台のオートバイが駐《と》まっていた。

「バイク⁉」

「はい。通勤の足にも使っています」

足って……車じゃなくてバイクだったのか!? しかもスクーターなどではなく、男らしい立派なバイクだ。意外過ぎる。

バイクにかけてあった革ジャンを羽織り、フルフェイスのヘルメットを被《かぶ》る。バイクに跨《また》がる様子は、いかにも手慣れた感じがあった。確かに顔を隠して、誰とも接することなく移動するには一番いい手段かも知れない。ただ、地雷系ゴスロリファッションで乗るのはどうかと思った。

霧崎は振り向いて、軽く会釈をした。

「それでは……え？」

手近にあった鉄パイプを拾うと、断りなく後ろのシートに跨がる。

「僕も行く」

「……正気ですか？」

「いいから、囲まれる前に出してくれ」

霧崎はエンジンを始動させると、すぐにギアを入れてバイクを発進させた。加速に体が置いて行かれそうになる。

「……く！」

「つかまっていて下さい！」

遠慮がちに霧崎のお腹に腕を回す。

バイクは細い道を出ると、車体を傾けやや広い道に出る。そこにちょうど相田がやって来た。

「うおっ⁉」

その脇をかすめて通り過ぎる。

「祝依⁉」

自分を呼ぶ声が、あっという間に遠ざかる。

「今さらだけど、僕ノーヘルですね！」

「さすが警察官。降りますか？」

「いや！　被疑者を逃がすわけにはいかないので‼」

ヘルメットの中で、霧崎が笑った気がした。

「それでどこへ向かっているんですか⁉」

「近くですよ。法医学教室です」

──法医学教室？

「そこに猫屋敷さんが⁉」

「高垣院長が姿を消した場所から近く、目立たずに凍死させるとなると、一番可能性が高いです。それに猫屋敷さんを拉致《らち》するのも簡単です」

「でも、犯人の嘘かも……」

「人を殺す準備するのは大変です。今の状況で、二通りの方法を並行して行う余裕が、犯人にあるとは考えづらいです。それに、遠方に高垣院長を運ぶのは労力がかかるし、人目に付く可能性がある。二人とも法医学教室に保管し、猫屋敷さんの方は、私を警察に逮捕させてから処理するつもりでしょう。このままなら、明日の朝には猫屋敷さんの凍死体が、人気《ひとけ》のない場所で見つかるはずです」

狂気の行為を想像し、体に震えが走った。

「霧崎先生には、犯人が分かっているんですか？」

「運が良ければ、もうすぐ会えます」

「……って、僕が犯人だと疑ってたんじゃないんですか!?」

急にアクセルをひねり、バイクが加速する。霧崎の体に回した腕に力を込める。

「うわ！　霧崎さんっ」

「私を疑うからです」

「それは……」

「危険なときは呼んでくれというから、電話をしたのに」

それって、喫茶店での話？

じゃ、あのときの電話って、そういう――!?

「す……すみません。でも……」

あの電話でそれを理解しろというのは難易度が高すぎる、と言おうとしたとき――

「危うく、本気であなたを犯人に仕立ててしまうところでした」

それが全く冗談には聞こえず、背筋が寒くなった。

† † †

法医学教室のある校舎の前まで、直接乗り付けた。もう夜も更けていたが、運の良《い》いことに関係者用の入口は開いていた。

廊下を走り、法医学教室に飛び込む。

「霧崎先生！　猫屋敷さんは⁉」

その問いには答えず、霧崎は解剖室へ向かった。そのさらに奥にある部屋に飛び込んだので、祝依もその後を追う。

「ここは……」

四角い小さな扉が縦横にずらりと並んでいる。扉は金属製で、何となくオーブンを連想させた。

霧崎はその扉を開け、中から台を引き出す。

「これって……もしかして遺体を安置しておく？」

祝依の質問には答えず、霧崎は次々と扉を開いてゆく。

そして四つ目を開けたとき——

「猫屋敷さん‼」

すっかり冷たくなった猫屋敷が、中に入っていた。

慌てて台をスライドさせると、ゴスロリ衣装を着たまま横たわっている。

「僕が運びます！　どいてください」

祝依は猫屋敷を抱え上げ、隣の解剖室へ連れて行く。ソファに横たえると、霧崎がすかさず脈を確認する。

「まだ生きてます！　準備室に毛布があるのでお願いします！」

毛布を探している間に、霧崎は病院の救急に連絡を入れた。片っ端から棚を開けて、ようやく見つけた毛布で猫屋敷の体をくるむ。そこへ霧崎の叫ぶような声が聞こえた。

「受け入れ準備は依頼しました！　運びましょう！」

すぐに猫屋敷を抱き上げると、病院に向かって走る。病院の夜間入口に飛び込んだところに、看護師たちがストレッチャーを準備して待ち構えていた。猫屋敷を預けると、看護師はすぐに奥へと猫屋敷を運んでゆく。

「何とか……間に合いましたね」

「……はい」

肩で息をしながら、霧崎は天井を見上げた。

「霧崎先生？」

「いるかもしれません」

「いるって……」

「犯人が」

霧崎がエレベーターに近寄り、上のボタンを押す。祝依はせっかく廃工場で拾った鉄パイプを、法医学教室に置いてきてしまったことを悔やんだ。

エレベーターで最上階まで行き、そこから階段で屋上に上がる。

重い鉄の扉に手をかけた。

――もし犯人がいたら？

いきなり襲いかかられるかも知れない。

全身に緊張が走る。

霧崎を後ろに庇《かば》いながら――思い切って扉を開いた。

そこには、誰もいなかった。

広い屋上は暗く、星空がよく見える。遠くには八王子の街の灯が、宝石のように輝いていた。

気を抜いたとき、

「あれ？　一緒に来たんですか？　霧崎先生と祝依さん」

闇の中から声がした。

目を凝らすと、広い屋上の一番端に人影がある。

霧崎を庇いながら、近付いた。

その人物の輪郭が、徐々に明らかになってくる。

それは何度も声を交わした人物。

一緒に飲み会だってした。

とてもいい青年だと思った。

そのときと変わらない、人の好《よ》さそうな笑顔だった。

「戸丸君……」

「もしかして、デートですか？」

祝依の喉《のど》が音を立てた。

「君が……犯人だったのか？」

「すみません。事情があって、その質問には答えられないんです」

悪びれることなく、答える。

「自供しちゃうと、これは殺人事件になっちゃうし、犯人も分かっちゃう。そうじゃなくて自殺、最低でも犯人が捕まらない事件にしたいんです」

それはもう自供したようなものだ、と祝依は思った。しかし、戸丸の中では何かルールがあるのだろう。下手に刺激せず、何とか自首させたい。

「でも、霧崎先生。あまり意外そうじゃないですね。もうちょっと驚いて欲しかったんだけどなあ」

「……思い返してみると、納得する点が多かったものですから」

戸丸は困ったように頭をかいた。

「あれ？　僕、そんなにヘマしてましたか？　いつです？」

「配島の解剖をしたときです」

そんなに前から？　と祝依は驚いた。

「胃の内容物を確認しようとしましたね。あれはいつもの戸丸君らしくないと感じました。補助は解剖そのものは行わないルールですから」

「ああ、なるほど。あれは出しゃばり過ぎたかな、と思いました」

「メモが消化されたか、少し不安があったのですね？　それと、解剖が終わった後のコメントも妙でしたね」

「何か言いましたっけ？」

「メモについて、戸丸君はダイイングメッセージと言いました。その発想が不自然です。あれは減点の対象だと思います」

霧崎は指導教官のような口ぶりで批評した。

「そうですか？　それほどでもないと思いますが」

「配島がダイイングメッセージを残せるのは、どんな場合でしょうか？　まだ意識がある状態で、殺されると自覚した場合です。それなら、こんな分かりづらいメッセージを、こんな不確実な方法で残すでしょうか？　普通なら犯人の名前を書きますし、床や自分の皮膚などに書くでしょう。それ以前に、死後自分が解剖されるということを確信していないと、飲み込むだなんて方法は発想として出て来ません」

確かにそうだ、と祝依は思った。

あの時は、なぜかその点をスルーしてしまっていた。

「ですので、この場合は犯人のサインだと思うのが普通です。それなのに、敢《あ》えてダイイングメッセージと言った。恐らくそういう方向に誘導したかったのでしょう」

戸丸は余裕のある顔で、感心したようにうなずいた。

「尤《もっと》も、それは厳しいと思い直したのか、その後は積極的に♀という記号を使っていたようですね」

「そう思いますか？」

「配島のPCの中にあったデータを見て、私の体に傷があることを知ったのでしょう。私に罪を着せることを狙っていたように思えます」

戸丸は黙って肩をすくめた。

「元々は別の意味があったんですよ。殺された若松早奈恵の復讐《ふくしゅう》であると、どうしても思い知らせたかった」

――若松早奈恵。ここから飛び降り自殺をした、看護師。

「戸丸君……君は……」

「他人を叩《たた》くときには、みんな主語を大きくするでしょ？　みんなが、国民が、男が、女が――だから♀の記号にしたんです。だから霧崎先生の傷痕《きずあと》と同じだったのは、ある意味象徴的でした」

「私からすると迷惑でした」

「ははは、許してください。実は早奈恵が書く、早いという文字が独特なんですよ。真ん中の棒が短くて、僕にはずっと♀マークに見えて仕方なかったんです。だから僕の中では、あれが早奈恵の署名なんです。まあ、僕以外の人にとっては、どうでもいい話なんですけど」

霧崎は特に感心する様子もなく、話を続けた。

「他にも作為的と思われる言動が、色々ありました。例えばアリバイ工作がそうです。特に気にしなければ良かったのに、エアコンの温度を調整して、死亡推定時刻の幅を広げましたね。死後あまり時間が経っていないようにする意図だったと思います。それは不自然さを増すだけなので、個人的には避けた方が良かったと思います。ただ今回は、睡眠導入剤代わりに使ったイミプラミンが、消化を遅くしたのでちょうど良くなりました。これで少し死亡推定時刻を遅い時間にずらせました。だから、当日は朝まで飲み屋をハシゴしたなんてアピールをしたんですね？」

「さあ……たまたまですよ」

「可愛らしいアピールでしたが、嘘は少なくしないとボロが出ます。ここも減点ですね」

戸丸は少し、ムッとしたようだった。

「まあ霧崎先生がそう思うのは勝手ですけど……エアコンはリモコンのタイマーがそうなっていた、ってだけでしょ？　実際に使っていたどうかは知りませんし。第一、僕は配島さんとは知り合いでも何でもないんですよ？　どうやって部屋に上がり込むんです？」

「それは分かりません。けれど、部屋に上がり込むことは難しいことではないので、問題にはしませんでした。実際、私も誘われましたし」

「え？」

戸丸は驚きの表情を見せた。

「あの人は今、というシリーズをやりたがっていました。恐らく、高垣や内藤にも打診をしていた。それをどこかで聞いたのではないですか？　配島に八医大病院のスキャンダルの種があると持ちかければ、きっと飛びついたと思います」

実際、配島は貯金が底をついていた。高垣と内藤を脅迫するネタがあるなら、それに越したことはない。

「配島は酩酊《めいてい》状態になりやすいですからね。酔ったところで食べ物にメモを混ぜて飲ませるのも、それほど難しくはなかったでしょう。自分の足跡を残したかったのかも知れませんが、リスクと引き換えにしたロマンだと思います」

戸丸の眉間《みけん》にしわが寄る。目に見えて不機嫌になったように見えた。

「……さあ？　本人にとっては大切なことだったんじゃないですか？」

「でしょうね。配島のマンションを出てからは、防犯カメラに映らないように電車は避けて、歩いて帰りましたね？　逆にアリバイを作りたい時間には、誰かの記憶に残っている必要がある。だから居酒屋で祝杯を上げたわけです。でも普段と違う行動を、自分でも気にしていたのではありませんか？　色々と言い訳めいたことを喋《しゃべ》っていましたから。戸丸君はきっと自信がなくて不安なのですね。それでつい自分から喋ってしまう。良くない点だと思います」

「……想像力が豊かですね」

戸丸の表情からは、もう完全に笑顔が消えていた。憎らしげな顔で霧崎を睨《にら》む。そんな戸丸をなだめるように、霧崎は続けた。

「内藤部長に関しては上出来だったと思います」

ちらっと、霧崎が祝依の顔に視線を送った。

「ですが……高垣院長を誘拐するときに、祝依さんにもスタンガンを使ったそうですね。それは大きな減点です。それと猫屋敷さんを巻き込んだのは、完全に失策ですね」

「猫屋敷さんは、災難だったと思いますよ」

「高垣院長を運んでいるところを、見られでもしたんですか？」

「……」

その沈黙が肯定に聞こえた。

「私に居場所を示唆するメールを送ったくらいですから、殺したくはなかったのでしょう。でも、保身のためには口を封じなければならない。戸丸君の逡巡《しゅんじゅん》が見て取れます」

「ご想像のままに。でも、僕の計算通りだったんだけどなあ」

戸丸は自嘲《じちょう》気味な笑みを祝依に向けた。

「まさか警察が被疑者を捕まえるどころか、加担するとは思いませんでしたよ」

「一つ訊《き》きたいのは、どうして私をターゲットにしたのか、ということです。ぜひ聞かせてもらえませんか？」

「……病院の、その他大勢代表ですよ」

「代表？」

「罪を見逃すのは、罪を許すことと同じ。いわば共犯者だ」

霧崎は眉《まゆ》を寄せると、小さな溜《た》め息を吐いた。

「なるほど、私イコール病院ですか。分不相応な責任を負わされたものですね」

「霧崎先生は特に罪深い。あなたは早奈恵と同じ医療チームにいたし、仲が良かったはずだ。それなのに助けようともしない。見殺しにした。そして今は法医学教室のトップに居座ってる。もしかしたら、高垣と裏取引が出来ていて、そのうち病院のいいポストに復帰するんじゃないですか？」

「それは嬉《うれ》しくない話です」

その反応に、戸丸は余計に苛《いら》立《だ》ちをつのらせた。

「五年前のプロポフォール過剰投与による医療過誤……みんなあれを他人事《ひとごと》だと思ってる！　早奈恵に全ての責任を負わせて知らんぷりをしている。しかしあれは高垣と内藤がやったことだ！」

戸丸は怨《うら》みの籠《こ》もった声で経緯を話した。

元々、プロポフォールは成人に対して、日常的に使われていた。それを小児に対しても同様の処方をしたのが問題だった。

当初はＩＣＵ医師団や主治医、麻酔科医のミスかと思われた。禁忌薬の投与に関する、十分な確認を取っておらず、リスクに対する認識も低かったからだ。

亡くなった子供は、その翌日にはＩＣＵから出すことを事前に予定していたこともあり、短い期間であれば問題ないと考えていた。しかしもう少し経過を確認することになり、ＩＣＵでの滞在が延びた。そして大量のプロポフォールが投与される結果となってしまった。

単純なミスだが、全ては高垣の指示で、内藤が行っていた。

それを嗅《か》ぎ付けたのが配島だった。

噂だけでも広められると大問題だ。本当に調べられると、隠すことが出来なくなる。そこで高垣と内藤は、事実を知っていた配島には口止め料を払った。事件の動画も削除。そして対策を立てる。

スケープゴートに気の弱い看護師を用意し、罪を着せる動画を配信させた。

表向きは、看護師一人の責任ではない、と聞こえのよいことを言っておいて、実際には看護師一人に責任を負わせ、追い込んでいった。病院内では、毎日呼び出しては叱責《しっせき》を繰り返した。

そして耐えきれなくなった彼女は、病院の屋上から飛び降り自殺を――

「配島と内藤を殺す前に、高垣について詳しいことを聞きました。禁忌薬も医療の現場では、使わざるを得ない場合があるのは事実だ。しかし高垣はその判断が、誰よりも優れていると思い込んでいた。ルールを決めた連中を無能だと考えていたし、使用の許可を家族に取らなければならないのも馬鹿げていると言っていた。誰よりも判断力に優れた医療のプロの自分が、なぜ素人《しろうと》の許可を取る必要がある？　その傲慢《ごうまん》さがミスを生み、子供を殺したんだ。それも、五年前のあの一つだけじゃない」

「一つじゃない……？」

祝依の脳裏に、配島の動画が映る。

「配島が動画で予告していた、一番ヤバいネタって……」

戸丸は冷笑を浮かべた。

「そうだよ。死んだのは一人じゃない。過去に何人も同じ事例で死んでいるんだ。はっきりとは分からないけど、少なくとも七人は殺してる」

「何だって……」

祝依の顔色が変わった。尋ねるような表情を霧崎に向ける。

「証拠はありません。しかし、同じような症例で子供が死んでいるのは事実です」

「な……しかしそんなのは調べれば――」

「五年前の事件が発覚した直後、カルテが全て電子に移行しました。その際に、データが改竄《かいざん》された可能性があります」

「そんな……」

そんなに大勢の子供が死んでいるのに、何もおかしいとか思わなかったのか？

「ほとんどの患者は医者が何をしているのか、自分が何をされているのか分かりません。医者がミスをしても、それに気付けることは少ないんです。隠蔽《いんぺい》しようとすれば、簡単に出来てしまいます」

眉間にしわを寄せて、霧崎は話す。

「若松さんが亡くなった後、私も変だと思ってカルテを調べました。しかしおかしなところはどこにもない。恐らく改竄したのだろうと思いました。けれど、それを証明する方法はありません」

戸丸はうつむき、歯を食いしばった。その目に、涙が溜まってゆく。

「だけど僕が一番許せないのは、高垣が早奈恵を殺したことだ」

「……え？」

思わず霧崎を見る。さっき聞かされた霧崎の推理と同じ内容だ。

霧崎の目が少し見開かれていた。

「転落死させたと、自白したのですか？」

戸丸の目から、涙が溢《あふ》れ出した。

「そんなの関係ありませんよ！　自分で飛び降りようが、突き落とそうが、どちらも一緒だ。早奈恵が殺されたことに変わりはない！　勝手に飛び降りたから自殺？　ふざけるな!!　そうさせたのは誰だ!?　僕の大切な……この世で一番大切な人を！」

霧崎はかすかに眉を寄せた。

「若松さんから、付き合っている人がいるとは聞いていました。名前までは知らなかったのですが……戸丸さんだったんですね」

戸丸は泣きながら歪《ゆが》んだ笑みを浮かべた。

「ええ。もう早奈恵はここにはいないんで、元カレになるのかな」

自嘲の笑みを浮かべると、背中を向ける。そして、転落防止に胸の高さまであるコンクリートの壁によじ登った。

「戸丸君！」

駆け寄ろうとする祝依に、戸丸は青い電流を放つスタンガンを向ける。

「来ないで下さい。もう一度喰《く》らいたくはないでしょう？」

「……っ」

祝依は立ち止まり、戸丸を落ち着かせようと両手を胸の高さに上げる。

「分かった。近寄らない。だから……話を聞かせてくれ」

「話……ですか」

戸丸は空を見上げた。足下をまったく気にする様子がない。今にも落ちそうで、祝依は内心穏やかではなかった。

「早奈恵は……とてもいい子でした。僕にはもったいない。早奈恵も僕も、控えめで人見知りだったんです。そんな二人が出逢《であ》えたのは奇跡だと思いました」

見上げる夜空に星が瞬いている。冷たい空気が、星の光をより美しくしているようだった。

「人付き合いが苦手だから克服したい。それに誰かのために働きたい。そんな気持ちを語り合って、いつか同じ病院で働けたらいいねって夢を語っていたのに。あの一件があってから、人が変わったようになって、僕もどうしていいか分からなくて、でも……最後に会ったときは少し明るかった。少し気持ちが持ち直したみたいで安心した。これから二人で力を合わせて乗り越えていこう。そんな話をして、希望を持った。その次の日だ。ここから早奈恵が飛んだのは」

戸丸はスタンガンを投げ捨てると、星の光を浴びるように両手を広げた。

「誰も僕を罰することは出来ない。だから僕の、勝ちですよ。霧崎先生」

戸丸は背を向け、下をのぞき込んだ。

「早奈恵……」

体が前に傾く。

「いるじゃないか。早奈恵が……僕を、見上げてる。僕が来るのを待ってる」

いつも上を見上げていた看護師の後ろ姿が、脳裏を過る。戸丸は嬉しそうな顔で下をのぞき込み、体が前のめりになってゆく。

「戸丸君!!」

駆け出そうとしたとき、誰かに後ろから抱きしめられた。

「霧崎先生⁉」

「行っては駄目です」

首をひねると、霧崎の真剣なまなざしがあった。その目力に思わず圧倒される。こんな状況なのに、魅入られたように、思考も体も停止した。

戸丸の声が聞こえた。

「これで元カレから今カレに復帰だ。今行くよ。み――」

振り向くと、戸丸の姿が消えている。時が動き出したように、我に返った。

「は、放して下さい。霧崎先生！」

「駄目です！　多分これが、戸丸君の最後の仕掛けです！　あそこに近付いた痕跡《こんせき》を残したら、戸丸君を転落死させた疑いがかかります」

「な……⁉」

全身から力が抜けた。

「そんなこと……」

この状況で、よくそんなこと考えつくなと、祝依はどこか覚めた頭で感心した。

祝依の体から手を離すと、霧崎はうつむいた。

全身から力が抜けたような気がした。一度息を吐いて、そんな自分に気合いを入れる。

「急いで下に行きましょう。助かるかも知れない」

「……はい」

エレベーターを待つのがもどかしく、階段を駆け下りた。そして今日二人目の救急を頼むことになった。

戸丸は即死だった。

Conclusion

その後、現場検証と霧崎の取り調べが行われた。

戸丸が捏造《ねつぞう》した証拠によって、一時は霧崎が犯人なのではないかと思われたが、霧崎はスマホの音声アプリで、戸丸との一部始終を録音していた。そのため早期に疑いは晴れ、翌日には自宅に戻った。

高垣の遺体を解剖した件に関しては、死体損壊の罪に問われても不思議ではないが、猫屋敷の命を救う為の緊急避難と解釈された。

そして高垣の死亡現場を鑑識が徹底的に調べたところ、戸丸の痕跡が多数見つかった。霧崎と祝依が動いたおかげで戸丸も行動を急ぐことになり、結果的に証拠を残すことになったのだろう。

一方、霧崎と共に逃亡した祝依は、懲罰になってもおかしくなかった。

――が、その件は神長が握った。

相田からは署員の前でこっぴどく叱られたが、二人だけになると、「お前もやるな」とやけにご機嫌で背中を叩《たた》かれた。

そして戸丸の死から五日が過ぎた、今日十二月二十四日の夕方——祝依は八医大へやって来た。病院から法医学教室へ向かう道の途中で、病棟の方を眺めた。そこは数日前に、戸丸が死んだ場所だ。既に綺麗《きれい》に清掃され、人が死んだ形跡はまったくない。そして、いつもそこに佇《たたず》んでいた女性も姿を消していた。

やはりあれは若松早奈恵だったのだろうか。

戸丸は落ちる直前、その姿を見た。それはただの幻覚だったのだろうか。それとも自分が見ているものと同じだったのだろうか。

もし同じだったのなら、自分以外で初めて、殺された人の霊が見える人間と出会えたことになる。けれどそれは、若松は他殺だったということでもある。

それとも……何らかの奇跡が、若松の姿を見せていたのだろうか。

心の中で問いかけても、答えるものは誰もいない。見つめ続けても、若松の姿も、戸丸の姿も見えてはこない。今となっては確かめる術《すべ》はないのだ。

——いや。

戸丸の言うように、そんなことは関係ないのかも知れない。直接手を下すことと、自殺に追い込むことに、どれだけの違いがあるのだろう。法律上は明確な違いがあったとしても、そのために大切な人を失った人にとっては、大きな違いはない。少なくとも、戸丸にとってはそれが真実だったはずだ。

祝依は軽く頭を下げてから、法医学教室へ向かった。

「……こんな日に何の用ですか？」

研究室の奥では、霧崎が一人で机に向かっていた。キーボードを打つ手を止めて、部屋に入ってきた祝依を見つめる。今日はいつも通りの完璧《かんぺき》なメイクだ。

「ええ、まあ……色々とお世話になりましたので、改めてご挨拶《あいさつ》にと」

「今日はクリスマスイヴのはずです。こんなところへ来ていて宜《よろ》しいのですか？」

「僕は仕事以外の予定がないので……メリークリスマスです」

持って来た袋を、霧崎に渡す。霧崎は無表情のまま中を覗《のぞ》き込んだ。

「……都《みやこ》まんじゅうとは、斬新なプレゼントですね」

ですよね、と冷や汗をかいた。

今日挨拶に来たのは、猫屋敷の差し金――いや、脅迫だ。

猫屋敷の見舞いに行ったのは二日前。挨拶もそこそこにクリスマスの予定を尋ねられた。特にないと答えると、今すぐ霧崎を誘えと迫られた。

「誘わなかったら、生きたまま火葬炉にブチ込む！」

と脅されたことは、霧崎には秘密だ。

生きたまま火葬されるのは嫌だが、誘うのも無理だ。捜査協力のお礼、ということで挨拶に来るのが妥協点だと勝手に判断した。

「ありがとうございます」

霧崎は礼を述べると、すぐに包みを開けた。

「気にはなっていたのですが、食べる機会がありませんでした。仕事中の糖分補給にも丁度良いので助かります」

祝依はほっと胸をなで下ろした。実は、最初はガチでクリスマスプレゼントを選んでいた。しかし、何を渡していいか分からない。いきなり気合いの入ったプレゼントを渡されても、不気味なだけだろう。じゃあクリスマスらしい食べ物を、とも思ったが、これは既に自前で用意している可能性もある。

考えに考え抜いて、思考がループとらせんを描いた先が、謎の着地点だった。

霧崎は大判焼きを小さくしたような形の都まんじゅうを、一口齧《かじ》る。

「祝依さんもどうぞ」

「では頂きます」

祝依もまんじゅうを頬張りつつ、ちらりと霧崎の横顔を見つめる。

「大学病院の方は大変みたいですけど、こちらは大丈夫なんですか？」

なにせ院長自ら指揮した、破格のスケールの医療過誤に隠蔽《いんぺい》。そして身代わりに自殺を装った殺人とくれば、マスコミもインターネット界隈《かいわい》もお祭り騒ぎだ。

「ここでは、俗世の祭りは関係ありません」

クリスマスイヴにそれはなかなか皮肉が利いている。

「……ただ、個人的には医者が悪い、八医大が悪い、という論調はどうかと思います。医者が悪党なのではなく、悪党がたまたま医者だっただけです」

「確かに。こういうとき、みんな主語が大きくなりますよね」

若松の復讐《ふくしゅう》をするのに巻き込まれた霧崎としては、身につまされる思いだろう。

「ですが……私も同じ事をしているのかも知れません」

「霧崎先生が？」

「私は警察を信用していませんから」

ああ、と祝依は納得した。霧崎の生い立ちを聞いた今では、それも仕方のないことだと思う。そう伝えようとしたが、その前に霧崎が言葉を続けた。

「ですが……祝依さんは別です」

え、と思って霧崎を二度見した。霧崎はモニターを見つめたまま、何ごともなかったかのように再びキーボードを叩き始める。

見た目は今日もサイボーグのような完璧な美しさと、地雷系ゴスロリ。

そして内面は、とても理知的で聡明《そうめい》。

人見知りで、コミュニケーションが苦手で、でも仕事に夢中になると饒舌《じょうぜつ》で、妙に押しが強いときがあって、たまに可愛らしく、でも芯《しん》が強い。意外にもバイクを乗りこなし、行動的な一面もある。

素顔を見ても、体の傷を見ても、やはり興味を惹《ひ》かれる。

しかし、少し気になることもある。

昨日、若松の家族に会いに行ったとき、戸丸の写真を見てもらった。

「挨拶に来てくれた学生時代の友人とはこの人ですか？」

と、戸丸を指さした。しかし――

「いいえ。この人ではありませんね。来たのは女の人ですよ？」

「え？」

「そうそう思い出したわ。やっぱりその時も写真を見せられてね、早奈恵の彼氏はこの人ですか、って訊《き》かれたわ……あら？　この男の子の写真じゃなかったかしら？」

戸丸じゃないとすると、一体誰なんだ？

まさか。

「その人は、こう……凄《すご》く派手なというか、目立つファッションじゃありませんでしたか？」

「いいえ。どちらかと言えば地味でしたね。私も誰だったのか気になって、卒業アルバムを調べたんですけど、分からなかったんですよ」

それ以上の確認は取れなかった。だから根拠があるわけじゃない。しかし、どうしてもこう思ってしまう。

――その女性とは、普段とは違うコーデの霧崎だったのではないか？

霧崎は、戸丸が若松の彼氏だと、知っていたのではないだろうか？

そしてもしかしたら、配島の解剖をしたときには、戸丸の仕業だと見抜いていたのではないか？

仮に――

そうだったとして、どうして指摘しなかったのか。

もしそのとき犯人が明らかになっていたら、高垣も内藤も死ぬことはなかった。

その罪が暴かれることもなかったかも知れない。

『私の生きるモチベーションは復讐だけです』

霧崎の言葉が思い出される。

配島、高垣、内藤の三人にそこまでの怨《うら》みはないと語っていた。

しかし本当にそうだろうか？

あのスキャンダルがなければ、霧崎一家は、世間の注目を浴びなかった。別荘にも行かなかった。そうしたら、あの悲劇も起きなかったのではないか。

そう考えても不思議ではない。

だとしたら――

考え込んでいると、唐突に霧崎が言った。

「戸丸君に訊いてみたいですね」

「何をですか？」

「復讐を遂げた気持ちを」

「……………」

霧崎の瞳《ひとみ》がじっと見つめてくる。

「……霧崎先生」

「はい」

「霧崎先生は……」

——いや、考え過ぎだ。

いくら霧崎が賢くて優秀でも、それは過大評価が過ぎるというものだろう。妄想にも程がある。

ここにいるのは、今までつらい目に遭ってきた女性であり、有能な法医学者。そして隠れた殺人を暴くための協力者だ。

軽く咳払《せきばら》いをすると、慣れない一言を口にした。

「……もしこの後予定がないなら、晩飯でも一緒にどうですか？」

参考文献

『標準法医学　第8版』池田典昭・木下博之編　医学書院
『人体解剖カラーアトラス　原書第8版』佐藤達夫・秋田恵一訳　南江堂
『アトラス臨床法医学』佐藤喜宣監修　岩原香織・都築民幸編　中外医学社
『生きるための法医学　私へ届いた死者からの聲』佐藤喜宣著　実業之日本社
『死体は語る』上野正彦著　文春文庫
『死体は語る2　上野博士の法医学ノート』上野正彦著　文春文庫
『完全自殺マニュアル』鶴見済著　太田出版

本書の執筆にあたり、杏林大学医学部名誉教授　佐藤喜宣先生に取材をさせて頂きました。厚く御礼申し上げます。

また、所轄警察署に関して貴重な助言をくれたY氏に感謝を。

本書は書き下ろしです。
この作品はフィクションです。実在の人物、団体等とは一切関係ありません。

解剖探偵《かいぼうたんてい》

敷島《しきしま》シキ

令和4年 8月25日 初版発行
令和6年 12月15日 7版発行

発行者●山下直久

発行●株式会社KADOKAWA
〒102-8177 東京都千代田区富士見2-13-3
電話 0570-002-301(ナビダイヤル)

角川文庫 23293

印刷所●株式会社KADOKAWA
製本所●株式会社KADOKAWA

表紙画●和田三造

ISBN 978-4-04-112489-5 C0193

◆◇◇

角川文庫発刊に際して

角川源義

第二次世界大戦の敗北は、軍事力の敗北であった以上に、私たちの若い文化力の敗退であった。私たちの文化が戦争に対して如何に無力であり、単なるあだ花に過ぎなかったかを、私たちは身を以て体験し痛感した。西洋近代文化の摂取にとって、明治以後八十年の歳月は決して短かすぎたとは言えない。にもかかわらず、近代文化の伝統を確立し、自由な批判と柔軟な良識に富む文化層として自らを形成することに私たちは失敗して来た。そしてこれは、各層への文化の普及滲透を任務とする出版人の責任でもあった。

一九四五年以来、私たちは再び振出しに戻り、第一歩から踏み出すことを余儀なくされた。これは大きな不幸ではあるが、反面、これまでの混沌・未熟・歪曲の中にあった我が国の文化に秩序と確たる基礎を齎らすためには絶好の機会でもある。角川書店は、このような祖国の文化的危機にあたり、微力をも顧みず再建の礎石たるべき抱負と決意とをもって出発したが、ここに創立以来の念願を果すべく角川文庫を発刊する。これまで刊行されたあらゆる全集叢書文庫類の長所と短所とを検討し、古今東西の不朽の典籍を、良心的編集のもとに、廉価に、そして書架にふさわしい美本として、多くのひとびとに提供しようとする。しかし私たちは徒らに百科全書的な知識のジレッタントを作ることを目的とせず、あくまで祖国の文化に秩序と再建への道を示し、この文庫を角川書店の栄ある事業として、今後永久に継続発展せしめ、学芸と教養との殿堂として大成せんことを期したい。多くの読書子の愛情ある忠言と支持とによって、この希望と抱負とを完遂せしめられんことを願う。

一九四九年五月三日

祟られ屋・黒染十字

その呪い、引き受けます

敷島シキ

不本意コンビの謎解きホラーミステリ

お人よしカウンセラー・白崎《しらさき》の元に痩せ細った女性患者がやってきた。ところが助言に激昂した彼女は呪いの言葉を残し去る。夜、ふと目を覚ました白崎が見たのは、床を蛇のように這い回る化け物。白崎は藁にもすがる思いで、あらゆる呪術を駆使し祟りを祓うと評判の祟られ屋・黒染十《くろぞめじゅう》字《じ》を訪ねる。しかし、美形なのに変人の黒染に巻き込まれ、一緒に祟りの元凶を探ることになってしまい——。不本意コンビのホラーミステリ、開幕！

角川ホラー文庫

ISBN 978-4-04-109957-5

真実は間取り図の中に

半間建築社の欠陥ファイル

皆藤黒助

建物の謎、解決します！

亡き父と同じ大工になった環奈がやっと就職した半間建築社は、無理難題や原因不明のトラブルが絡んだ「欠陥案件」ばかりが持ち込まれる奇妙な設計事務所だった！住みづらくなる増改築を繰り返す老婦人、巨人の幽霊が出ると噂の旅館、古い公衆トイレを彼氏だと言い張る女子高生、恩師の新居にこめられたある想い――。推理力だけは一級のヘタレイケメン建築士・半間樹が建物にまつわる謎を解き明かす、痛快建築ミステリ！

角川文庫のキャラクター文芸

ISBN 978-4-04-107394-0